Julia Rösner

LICHT IM NEBEL

Roman

Julia Rösner (Jahrgang 1983) schreibt seit ihrem elften Lebensjahr Gedichte, Kurzgeschichten und Romane. Von ihr behandelte Themen wie der Umgang mit Verlust und Lebenskrisen, sowie ethischen und spirituellen Fragen fügen sich harmonisch ein in Geschichten über Liebe, Familie und Freundschaft. Sie ist als Magisterpädagogin in der Beratung für Menschen mit Behinderung tätig und lebt mit ihrem Ehemann und ihrem Kater südlich von München.

Bibliografischen Information der Deutschen Nationalbibliothek:
Die Deutsche Nationalbibliothek verzeichnet diese Publikation in
der Deutschen Nationalbibliografie; detaillierte bibliografische Daten
sind im Internet über http://dnb.d-nb.de abrufbar.

Umschlaggestaltung: Robert Rösner
Umschlagbild: Rosanna Maisch
Korrektorat: Mina Garming
Satz: Robert Rösner

ISBN 9783750404366

Für meine liebe Oma

Schwer ist es,
Worte zu finden
für diesen Schmerz.
Immer wieder flammt er auf,
tief in meiner Mitte.
Wo bist du jetzt?
Noch hier bei uns
oder schon in der anderen Welt?
Du wirst mir so fehlen…

Kapitel eins

Nun fand sie sich hier also wieder, in diesem Haus, das so lange das Zuhause ihrer Oma gewesen war. Und zuvor das Haus deren Eltern, Denisas Urgroßeltern. Ihr Urgroßvater hatte es in den 1920er Jahren gebaut mit starken und soliden Holzbalken, welche die Wände trugen, auch jetzt noch, nach so langer Zeit. Im Erdgeschoß befand sich das geräumige Wohnzimmer mit Zugang zum großen Garten, neben dem Eingangsbereich lag das Esszimmer und dahinter die Küche. Im ersten Stock gab es ein Bad und das Schlafzimmer, in dem ihre Oma geschlafen hatte. Der zweite Raum dort war seit ihrer Kindheit Denisas Zimmer gewesen, das auch jetzt noch unverändert erschien. Das oberste Stockwerk unterm Dach beherbergte die Dachkammer und einen Abstellraum. Seit Jahrzehnten hatte sich nichts an der Raumaufteilung und der Einrichtung geändert, und auch Denisas Mutter war schon hier aufgewachsen. Im Wohnzimmer hingen Kinderfotos von ihr, die Oma nie ausgetauscht hatte, sowie das Hochzeitsfoto von Denisas Großeltern.

Nichts und niemand hatte Denisa vorbereitet auf die grausame Wirkung, die Worte haben konnten: ‚Es tut mir leid. Sie ist in der Nacht von uns gegangen.‘

Schief hatte die Ärztin dagestanden, in der Hand ein paar Akten und einen Kugelschreiber, einen müden Ausdruck in ihrem Gesicht. Über ihnen hatte Neonlicht geflackert, die einzige Quelle an Helligkeit, da es draußen noch stockdunkel gewesen war. Wegtickende Sekunden, vereint mit dem unaufhörlichen Pochen in Denisas Kopf, und dann die Hand der Ärztin auf ihrem

Arm und die dumpfe Stimme, mit der sie wiederholt hatte: ‚Es tut mir leid.'

Um sie herum nur bleiche, kalte Krankenhauswände, so bleich und kalt wie das Gesicht ihrer Oma.

Niemand hatte Denisa gewarnt vor diesem Schmerz in ihrer Brust, der alles in ihr vereinnahmen würde und ihre ganze Energie aufsog. Seit Tagen hatte sie kaum etwas gegessen, weil ihr vom puren Anblick irgendwelcher Speisen schon übel wurde, und das, wo sie doch sonst so leidenschaftlich gerne aß.

Mit leisen Schritten ging sie nun durch das Wohnzimmer, und es war so ungewöhnlich still, dass sie Angst davor hatte, ein Geräusch zu machen. Normalerweise ließ ihre Oma immer das Radio laufen.

‚Mach es an!', rief eine Stimme in Denisa, aber als sie schließlich davorstand, vor dem kleinen Tisch mit dem Radio und dem CD-Player darauf, da konnte sie die Hand einfach nicht heben und den roten Schalter am Radio drücken. Stattdessen ging sie zur Terrassentür, öffnete sie und ließ die frische kühle Luft ihre Haut liebkosen.

In dem großen Garten lagen Haufen zusammengerechten Laubs, die der Wind hier und da wieder zerstreut hatte. An der Wand neben der Terrassentür lehnte der alte Rechen mit dem grünen Holzgriff, und ohne lange nachzudenken, griff Denisa danach. Der Stiel des Rechens bestand aus gefurchtem Holz, das von der Zeit und vom Wetter gezeichnet war und dessen grüne Lackierung stellenweise abgesplittert war.

‚Er hat so gut in Omas Hände gepasst', dachte sie, während sie langsam begann, die kleinen Laubhaufen zu einem großen zusammenzurechen, um die Arbeit fortzuführen, die ihre Oma vor über einer Woche begonnen haben musste. Hatte sie es gespürt, dass sie sie nicht mehr zu Ende bringen würde? Mit ihren 79 Jahren war Denisas Oma noch so fit gewesen. Alles hatte sie selbst erledigt: das große Haus in Ordnung gehalten, den Garten gepflegt und den Gehweg davor. Mehrmals in der Woche war sie mit ihrem Fahrrad zum Einkaufen ins Dorf gefahren, das ungefähr zwei Kilometer entfernt lag. Seit Jahrzehnten wahrscheinlich hatte sie dort in denselben Läden eingekauft, und Denisa hatte nie daran gezweifelt, dass sie es auch noch ein weiteres Jahrzehnt so machen würde. Das war einfach nicht fair…

Die Blätter dufteten intensiv. Durch die Feuchtigkeit des Bodens und des letzten Regens klebten sie zum Teil stark zusammen, aber nach einer halben Stunde hatte Denisa sie alle zu einem stattlichen Haufen zusammengefegt. Mindestens drei Müllsäcke würde sie dafür brauchen, und sie musste sich beeilen, denn am Himmel zogen schon wieder dunkle Regenwolken auf, die sicher starken Wind mitbringen würden.

An der Terrassentür streifte sie sich gründlich die Schuhe ab, um den Teppich im Wohnzimmer nicht schmutzig zu machen. In der Dachkammer stand ein alter Schrank, in dem Denisa die Müllbeutel vermutete, deshalb ging sie mit schleppenden Schritten die Treppen hinauf. Sie fühlten sich so bleiern an, ihre Beine, als wären sie aus schwerem Stein. Diese Räume um sie herum, die sie seit ihrer frühesten Kindheit kannte und liebte, wirkten so vertraut, und alles schien erfüllt von Omas Gegenwart. Wie konnte das alles ohne sie weiter existieren? Sogar der Duft ihres Parfums war überall, und als Denisa den Kopf an das hölzerne Treppengeländer lehnte, meinte sie, auch den Geruch von Omas Kamillenhandcreme wahrnehmen zu können.

„Wie kannst du da sein und doch nicht da?", flüsterte sie, während ihr die Tränen über die Wangen rollten. Wie konnte ihre Oma plötzlich weg sein, wenn so viel von ihr noch hier war?

Ein zartes Miauen, das eher einem Gurren glich, ließ Denisa aufblicken, hoch zu der obersten Treppenstufe, auf der der alte Kater saß und mit blinzelnden Augen auf sie herabschaute.

„Moritz!", rief sie aus und stieg die letzten Stufen hinauf, um das Tier in die Arme zu schließen, was dieses geduldig geschehen ließ. Das schwarzweiße Fell fühlte sich weich an, jedoch an manchen Stellen dünn und struppig. Moritz war das Leben auf der Straße gewohnt, hatte aber immer öfter in den letzten Jahren Zuflucht in der Wärme des Hauses gesucht. Bei Oma hatte er nicht nur ein warmes Plätzchen gefunden, sondern auch jede Menge Leckereien und Streicheleinheiten, aber dennoch hatte es ihn immer wieder auf die Straße und in die Natur zurückgezogen. Tage- bis wochenlang war er manchmal verschwunden. Dass er jetzt hier war... Denisa war so dankbar dafür!

Vorsichtig hob sie den Kater hoch und hielt ihn mit einem Arm umschlungen, während sie mit der anderen Hand die Rolle Müllbeutel aus dem kleinen Bauernschrank unter der Dachschräge holte. Zurück im Wohnzimmer setzte sie Moritz auf den Platz am Sofa, auf dem er oft lag und döste, streichelte ihn und ging dann widerwillig in den Garten zurück. Sie fühlte sich kraft- und lustlos, aber sie musste sich beeilen, denn die ersten Regentropfen begannen schon zu fallen.

Die Schwere in ihren Gliedern wurde schmerzhaft, während sie sich immer wieder bückte, um das Laub in die Säcke zu stopfen. Sie wunderte sich, dass sie überhaupt die Kraft dazu fand, fühlte sie sich doch, als könne sie jeden Moment einfach umfallen. Aber der Garten war Omas ganzer Stolz, in den sie so viel Liebe hineingebracht hatte. Es sollte, nein, es musste so aussehen, als wäre sie noch hier! Eher konnte Denisa nicht ins Haus zurückgehen.

Und so dämmerte es bereits, als sie den letzten Beutel verschnürte und auf die Terrasse unters Dach stellte. Fünf Stück waren es geworden. Vielleicht würde Denisa morgen damit zum Müllplatz fahren, dachte sie kurz.

Moritz lag noch genau dort, wo Denisa ihn hingelegt hatte und döste mit halb geschlossenen Augen. Würde er es verstehen, wenn sein Frauchen - denn das war Oma mit der Zeit geworden - nicht mehr wiederkam, nie mehr? Er war das Leben draußen gewöhnt, und vielleicht würde er es sogar ganz gut alleine schaffen.

‚Aber ich, wie soll ich es schaffen?‘, schoss es Denisa durch den Kopf, während sie die Terrassentür zudrückte und schloss. Sie versuchte, den Gedanken beiseite zu schieben und ging in die Küche, um sich gründlich die Hände zu waschen, aber die aufsteigenden Tränen schnürten ihr den Hals zusammen, bis er so sehr schmerzte, dass sie schließlich ein Schluchzen nicht mehr unterdrücken konnte.

‚Wie soll ich es schaffen? Ich kann das nicht!‘, hallten die Worte der Verzweiflung in ihrem Kopf wider. Mit letzter Kraft, wie es ihr schien, schleppte sie sich ins Wohnzimmer zu Omas Sessel, ließ sich hineinfallen und weinte lange, so lange, dass ihr Kopf zu schmerzen begann. Und als die Tränen versiegten, da fühlte sie sich unglaublich leer und müde. Sie wollte sich nicht umziehen, und sie spürte, dass sie nicht mehr die Kraft hatte, um in ihr Zimmer im ersten Stock zu gehen und sich dort ins Bett zu legen. Deshalb rollte sie sich, ähnlich dem Kater, der ihr gegenüber lag, in die Decke auf Omas Sessel ein und legte den schmerzenden Kopf auf die Armlehne. Fast war sie froh, dass sie den vertrauten Duft des Sessels nicht mehr riechen konnte, da ihre Nase vom Weinen zugeschwollen war.

Im dämmrigen Licht betrachtete sie den Raum um sich herum durch die tränenverschleierten Augen.

Wie fängt man an? Wie fängt man an, ein Haus auszuräumen und das Leben eines geliebten Menschen auseinanderzunehmen, es aufzulösen, bis nichts mehr davon übrig ist. Wie sollte sie das schaffen, wenn sie sich jetzt schon so fühlte, als könnte sie jeden Moment in tausend Teile zerbrechen? Leise wimmernd wiegte Denisa sich in den Schlaf, während Moritz ein sanftes Schnurren zu ihr hinübersandte.

KAPITEL ZWEI

Am nächsten Morgen wurde Denisa von dem Licht geweckt, das durch die Fenster ins Wohnzimmer fiel. Ihr ganzer Körper fühlte sich steif an, und in ihrem Kopf pulsierte es schmerzhaft bei jeder Bewegung. Vorsichtig stand sie von ihrem Nachtlager auf und sah sich um. Moritz hockte am Fenster und blinzelte sie an. ‚Na, auch schon wach?‘, schien sein Blick zu fragen und auch sein Maunzen, mit dem er zu ihr lief und ihre Beine umstrich. Bestimmt hatte er Hunger. In sich selbst spürte Denisa nur wieder ziehende Übelkeit. Sie tappte in die Küche, wo sie gestern ihre Tasche mit ihrem Handy darin abgestellt hatte. Fast zehn Uhr war es bereits! Ein Wunder, dass Moritz sie nicht geweckt hatte! Zum Glück hatte sie Aspirin in ihrer Tasche, von dem sie gleich zwei Tabletten hinunterspülte, um diese grässlichen Schmerzen im Kopf zu lindern. Auf dem Küchentisch stand eine Schale mit Walnüssen, und Denisa knackte welche mit dem Nussknacker, der danebenlag. Sie mochte Walnüsse nicht besonders gerne, versuchte aber trotzdem, ein paar davon zu essen, sonst würde ihr Magen sich womöglich gegen das Aspirin wehren. Der Kater zu ihren Füßen beobachtete sie mit großen Augen. Eine Pfote hatte er leicht angehoben und berührte damit ihr Bein, und der Anblick war so rührend, dass Denisa unwillkürlich lächeln musste.

„Du hast Hunger, gell?", sagte sie zu ihm und fischte die Dose mit Trockenfutter aus dem Schrank. Moritz stürzte sich auf das gefüllte Schüsselchen, sobald sie es ihm hinstellte. Als sie das restliche Futter zurück in den Schrank schob, fiel ihr Blick auf die schön verzierte Dose, in der ihre Oma allerlei Teesorten aufbewahrte.

Schon als Kind hatte Denisa den Duft geliebt, der jedes Mal daraus hervorströmte, wenn man sie öffnete. Dieser Duft erzählte von gemütlichen Abenden vorm Kamin, wenn sie und ihre Oma zusammen auf dem Sofa im Wohnzimmer saßen und lasen, während das Feuer prasselte. Oder wenn sie sich unterhielten oder Oma bügelte, während die Musik im Radio lief. Stundenlang konnte sie manchmal Wäsche bügeln. Das schien fast wie eine Art Meditation für sie zu sein.

Denisa füllte Wasser in den Kocher und schaltete ihn ein. Ganz besonders liebte sie diesen aromatisierten Früchtetee, der nach Marzipan roch, und nichts wollte sie jetzt lieber, als eine Tasse davon zu genießen. Bis das Wasser in dem alten Gerät kochte, hatte Moritz seine Portion längst verputzt und leckte sich die Pfoten, und als Denisa dann mit der Tasse frisch aufgegossenen Tees zurück ins Wohnzimmer ging, lief er mit erhobenem Schwanz voran, direkt auf die Terrassentür zu. Er musste wohl dringend nach draußen, um sein Geschäft zu erledigen. Eisiger Wind schlug ihnen durch die geöffnete Tür entgegen, sodass der Kater sich beeilte, unter den Büschen zu verschwinden. Dort würde er womöglich die nächsten Stunden verbringen, denn so sehr er die Wärme und die Sicherheit des Hauses auch zu schätzen schien, er blieb dennoch ein Streuner, der die Freiheit brauchte.

Mit seinem wolkenverhangenen Himmel präsentierte sich der Vormittag grau und drückend. Der Wind blies immer wieder in so heftigen Böen, dass die Spitzen der Bäume gefährlich wankten, als drohten sie umzuknicken. Dort hinaus wollte Denisa wirklich nicht, deshalb schloss sie die Terrassentür schnell wieder. Einer Eingebung folgend nahm sie drei Holzscheite aus dem Korb neben dem Kamin und dazu etwas Zündwolle. Sie hatte früh gelernt, wie man das Feuer anzündete, und schon als Kind hatte sie es geliebt, zu beobachten, wie die Flammen rasch höher schlugen, das Holz ergriffen und es langsam in wunderbare Glut verwandelten. Diese Glut und wie sie in dem Holz zu tanzen schien, das war es, was sie am meisten liebte am Feuer. Ihren Tee in der Hand, setzte Denisa sich nach dem Anfeuern auf das Sofa und blickte in die Flammen, deren Bewegungen sie fesselten und wie zu hypnotisieren schienen. Und auf einmal sah sie sich selbst wieder in diesem Gebäude stehen neben dem Mann, der ihr erklärte, wie die Einäscherung ablaufen würde.

„Sie können hier Abschied nehmen, wenn es soweit ist", hatte er gesagt und auf einen Raum gezeigt, an dessen Ende sich die Tür zu dem Krematorium befand. Davor waren ein paar Stühle aufgestellt gewesen und eine Rampe, über die der Sarg in die Brennkammer transportiert werden sollte. Und Denisa hatte nur dagestanden und auf diese Tür gestarrt, unfähig, etwas zu sagen. Also hatte sie nur den Kopf geschüttelt und versucht, ihre Tränen zu unterdrücken.

‚Heul nicht los!', hatte es in ihrem Kopf gerufen. ‚Halte noch durch, bis du auf die Toilette kannst.'

Und nur ganz dumpf hatte sie wieder die Stimme des Mannes neben sich gehört, mit der er sagte:

„Sie hat es so gewollt." Das war das Schlimmste daran… Wie hatte ihre Oma das wollen können? Wie hatte sie das verfügen können, ohne ihre Enkelin zu fragen oder einzuweihen? Sie glaubte doch an die Hölle! Wie hatte sie bestimmen können, dass ihr Körper zu Asche verbrannt werden sollte? Nein, Denisa würde nicht dabei sein können, wenn der Wille ihrer Oma vollzogen würde…

Ihr eigenes Schluchzen kam ihr jetzt unwirklich vor, und sie versuchte, sich durch Schlucken am Weinen zu hindern, damit die Kopfschmerzen nicht wiederkämen. Ihre Finger krampften sich um die Tasse, vergeblich auf der Suche nach Wärme, denn der Tee war inzwischen nur noch lauwarm. Sie trank zwar ein paar Schlucke, aber das wohlige Gefühl, das sie dabei erwartet hatte, blieb aus. Sie musste etwas tun, diese Stille hielt sie einfach nicht aus!

Die Tasse ließ sie einfach auf dem Wohnzimmertisch stehen und stapfte in den ersten Stock zum Zimmer ihrer Oma. Hier sah alles noch genauso aus wie vor neun Tagen, als ihre Oma sich das letzte Mal daheim aufgehalten hatte. Der Raum roch unangenehm, und deshalb ging Denisa zum Fenster, öffnete es und ließ die kalte Luft hineinströmen.

Da war es, das Bett, in dem ihre Oma gelegen hatte. Das Bett, in dem sie die letzten 22 Jahre geschlafen hatte, seit Opa tot war, und in dem sie auch gelegen hatte in jener Nacht, als der Schlaganfall ohne Vorwarnung eingetreten war. Hier hatte es begonnen, ihr Sterben…

Die Decke lag zurückgeschlagen über dem Bettrahmen, und auf dem entblößten Laken war ein gelblicher Fleck zu sehen. Mit einem energischen Ruck zog Denisa es zusammen mit dem Schutzlaken darunter von der Matratze und warf sie zusammen mit der Decke und dem Kissen auf den Gang und die Treppe hinunter. Sie sollten raus in den Müll, diese Stoffe, die den Tod aufgesogen hatten, genau wie der kleine Teppich vor dem Bett. Bei seinem Anblick krampfte sich Denisas Magen zusammen, denn ihre Oma hatte ihn selbst geknüpft. Viele Stunden hatte sie an dieser Handarbeit gesessen, aber nun waren die Schuhabdrücke der Sanitäter darauf, die sie an jenem Tag ins Krankenhaus gebracht hatten. Es war ein regnerischer, matschiger Tag gewesen, und niemand hatte wohl einen Gedanken daran verschwendet, sich die Füße abzustreifen. Die Treppe und den Fußboden wollte Denisa gleich noch wischen, denn sie waren ebenfalls voller Dreck. Alles wollte sie beseitigen, was an diesen schrecklichen Tag erinnerte.

Im Erdgeschoss stopfte sie das gesamte Bettzeug in einen Müllsack und stellte ihn neben die anderen Säcke auf die Terrasse. Es regnete kräftig, und gerade, als sie die Tür schließen wollte, kam Moritz unter den Büschen hervor gerannt, um noch in das warme Zimmer zu schlüpfen. Mit einem Handtuch aus der Küche trocknete Denisa sein nasses Fell ab.

Es war schon nach fünfzehn Uhr, als sie fertig wurde mit der Reinigung des Fußbodens. Leer sah das Zimmer ihrer Oma jetzt aus. Leer und irgendwie kahl, trotz der vielen Bilder an der Wand und der Marienfigur, die auf dem Nachtkästchen stand. Auf dem Dachboden musste irgendwo frisches Bettzeug liegen, erinnerte sich Denisa, und tatsächlich fand sie es in einer kleinen Truhe im Abstellraum. Eine Decke und ein Kissen. Frische Laken befanden sich im Kleiderschrank in Omas Schlafzimmer, wo sie seit eh und je gelegen hatten, denn die Ordnung im Haus hatte sich seit Jahren, wenn nicht Jahrzehnten, nicht verändert. Für Denisa hatte sie immer einen Garant für Beständigkeit dargestellt.

Nachdem sie das Bett frisch hergerichtet hatte, setzte Denisa sich davor auf den Boden und betrachtete es eine Weile. Ihr Atem ging ruhig, etwas hatte sich gelöst in ihr. Nun war es, als könne ihre Oma jederzeit zur Tür hereinkommen, und alles wäre wie immer. Sie würde sich im Badezimmer das gelockte Haar bürsten und ihrer Enkelin währenddessen erzählen, wen sie beim Einkaufen getroffen hatte, wer gerade Grippe hatte oder wie die Predigt im Gottesdienst gewesen war. Dann würde sie hinunter in die Küche gehen und ihre leckeren Knödel mit Sauerkraut und Bratwürstchen machen. Und als Denisa nun die Augen schloss, konnte sie beinahe den Duft der gebratenen Würstchen riechen, der durchs ganze Haus zog, und das Zischen des Öls in der Pfanne hören. Wunderbare Phantasien für ihre erschütterte Seele.

‚Sie wird wieder aufwachen und gesund werden‘, hatte sie sich in der Klinik immer wieder gesagt, und sich dabei mit ganzer Kraft vorgestellt, wie ihre Oma die Augen aufschlug, von dem bleichen Krankenhausbett aufstand, ihre Kleider anzog und zur Tür ging. Die lähmende Erkenntnis des Unabwendbaren jedoch war langsam, aber stetig in Denisas Innerstem hochgekrochen, wie ein dunkler endloser Abgrund, der sie angezogen hatte. Irgendwann hatte sie nicht mehr vermocht, sich dagegen zu wehren.

Denisa erhob sich, ging die Treppe hinunter, wühlte in der Küche ihren Autoschlüssel aus der Handtasche und ging hinaus zu ihrem Wagen, den sie gestern vor der Haustür abgestellt hatte. Ihre Reisetasche lag darin mit ein paar Kleidern, sowie die Lebensmittel, die sie gestern auf der Herfahrt gekauft hatte. Sie hatte sich vorgenommen, ein paar Tage zu bleiben, um alles in Ruhe ordnen und ausmisten zu können. Auf lange Sicht würde sie das Haus verkaufen müssen, denn sie selbst konnte es nicht bewohnen und sich auch nicht darum kümmern, da ihre Arbeitsstelle zu weit entfernt war. Mit dem Geld würde sie sich vielleicht eine schöne Wohnung kaufen können. Das war zumindest das Vorgehen, zu dem ihr Bekannte wie Freunde geraten hatten, und sicher war es das Vernünftigste, was sie tun konnte. Aber wie Denisa nun vor dem Haus stand und dessen Front betrachtete, da schnürte es ihr die Kehle zu. Die weiß verputzte Fassade, die hölzernen Fensterläden, die Blumenkästen an den Fensterbänken und neben der Haustür die schön geschwungene Metallbank mit den hohen Pflanzentöpfen aus Terrakotta. Alles gehörte doch hierher, alles war genauso, wie es sein sollte! Doch gleich nachdem Denisa das gedacht hatte, ließ sie ihre Arme und Schultern mit einem Seufzer kraftlos herabfallen. Nein, das war es nicht. Es war nicht so, wie es sein sollte: Oma war tot.

Denisa kniff ihre Augen zusammen, schüttelte dann energisch den Kopf und nahm ihre Tasche. Wie jedes Jahr hatte ihre Oma die Haustür außen mit duftenden Tannenzweigen verziert. Morgen war schon der Erste Advent, und da fing in diesem Haus traditionell das große Backen der Weihnachtsplätzchen an. Vanillekipferl, Spitzbuben, Kandistaler, Schwarzweiß- und Spritzgebäck… Omas Plätzchen schmeckten einfach am besten!

Wie sollte das werden, Weihnachten ohne diese Leckereien? Zurück im Haus ging Denisa in die Küche und öffnete den oberen Küchenschrank, wo sie ganz oben das vertraute Backbuch entdeckte. Die Seiten waren zum Teil vergilbt und mit Flecken versehen. Seit Denisa denken konnte, hatte ihre Oma mit diesem Buch gebacken, und es gehörte in die Küche wie der Ofen selbst. Denisa blätterte durch die Seiten mit all den vertrauten Plätzchensorten. Zimtsterne, Spritzgebäck, Vanillekipferl… so schwer sahen die Rezepte gar nicht aus, und die Fotos ließen ihr das Wasser im Mund zusammenlaufen. Vielleicht sollte sie es einfach ausprobieren, dachte sie, und in einem ganz unerwarteten Schub von Tatendrang beschloss sie, am nächsten Tag zu backen.

Nun aber spürte sie ihren Magen unangenehm aufbegehren. Sie musste zuerst einmal etwas essen, was der auch akzeptieren würde. Eine Nudelsuppe vielleicht? Die war leicht verdaulich und schnell gemacht, denn in Omas Vorratsschrank befanden sich immer Tütensuppen. Wie sie so in der Küche arbeitete, fühlte Denisa sich beschwingt von Vorfreude. Sie roch förmlich schon den Duft des Backens und der fertigen Plätzchen, und es tat ihr gut, etwas vorzuhaben. Etwas, das nicht mit der Auflösung des Hauses zu tun hatte.

‚Warum soll ich mich eigentlich so beeilen?‘, dachte sie plötzlich. Sie hatte genug Überstunden angesammelt.

Sicher würde sie ihre Auszeit noch verlängern können, wenn sie ihre Chefin fragte.

Mit der dampfenden Suppe ging Denisa ins Wohnzimmer und setzte sich vorsichtig zu Moritz aufs Sofa. Die warme Schüssel hielt sie mit beiden Händen und blies immer wieder hinein, während ihr Blick über die einzelnen Gegenstände im Raum glitt. In Gedanken hängte sie bunte Weihnachtsgirlanden über das Regal, klebte Sterne an die Fensterscheiben und zündete Kerzen an. Sie konnte es machen wie jedes Jahr, es war einfach. Und dann stand ihr Entschluss fest: sie würde sich überhaupt nicht beeilen. Sie würde Plätzchen backen, das Haus putzen und schmücken, so wie immer. Sie würde dieses Fest, das sie so liebte, hier feiern. In dem alten Haus ihrer Oma.

KAPITEL DREI

Denisa schlief in dieser Nacht traumlos. Vielleicht war sie zu erschöpft und innerlich zu leer, um zu träumen. Als der Wecker sie aus ihrem tiefen Schlaf holte, wusste sie erst nicht, wo sie war. Langsam bewegte sie sich und schrak zusammen, weil sich an ihrem Fuß ebenfalls etwas bewegte. Moritz lag zusammengerollt am Fußende des Bettes und war von ihren Bewegungen wach geworden. Sie hatte nicht bemerkt, wie er gekommen war, ganz lautlos musste er auf das Bett gesprungen sein. Mit müden Augen blinzelte er sie an.

„Guten Morgen, Moritz", sagte sie und kraulte ihn ausgiebig am Kopf, was er sichtlich genoss. „Stehst du mit mir auf?"

Der Kater quittierte ihre Worte mit einem Schnurren und gab sich mit geschlossenen Augen ihrer liebkosenden Hand hin. Nach einem Moment dieser Innigkeit riss Denisa sich los und schlug die Decke zurück. Es war kein Wunder, dass Moritz bei ihr im warmen Bett Zuflucht gesucht hatte, denn im Zimmer war es kalt. Denisa zog den dicken Vorhang zur Seite und sah, was der eisige Wind vom Vorabend schon angekündigt hatte: es hatte geschneit. Eine dünne weiße Schicht bedeckte die Wiese, die Büsche und die Bäume in dem großen Garten. Es sah friedlich aus, so als hätte die Natur sich ganz in sich zurückgezogen, um zu ruhen. Heute war der Erste Advent.

Denisa ging durch den kalten Flur ins Badezimmer und zog sich rasch an. Sie hatte sich gestern Abend noch fest vorgenommen, in die Sonntagsmesse zu gehen, die die Weihnachtszeit einläuten würde, denn für ihre Oma waren die Kirchengemeinde und die regelmäßigen Gottesdienste wie ein zweites Zuhause gewesen. Wie eine Familie, der sie verpflichtet war und in der sie eine tragende Rolle spielte. Jahrzehntelang war sie Mitglied im Kirchenchor gewesen, hatte unzählige Male für Veranstaltungen und Pfarrfeste gebacken und sich um ältere Gemeindemitglieder gekümmert. Für ihre köstlichen Kuchen und Torten war sie beinahe berühmt gewesen, und viele Leute aus der Gemeinde hatten sie wieder und wieder gelobt dafür. Diese ganzen Leute... natürlich würden die jetzt auch beim Gottesdienst sein, genauso, wie sie beim Trauergottesdienst für Denisas Oma alle da gewesen waren. Bei dem Gedanken daran, die alle wiederzusehen krampfte sich Denisas Magen zusammen. Aber sollte sie deshalb nicht zum Gottesdienst gehen? Was würde Oma dazu sagen?

‚Du brauchst Gott, mein Kind‘, womöglich. Immer hatte sie fest an den lieben Gott geglaubt...

Denisa ging die Treppe hinunter in die Küche und setzte Wasser auf. Dann füllte sie Moritz' Schälchen mit Futter und ging ins Wohnzimmer, um im Kamin Feuer zu machen. Die Flammen verbreiteten eine wunderbare Wärme, aber dennoch ging Denisa in den Keller und drehte zusätzlich die Heizung auf. Sie wollte, dass es warm war, wenn sie wieder zurückkam von der Kirche. Als sie wieder nach oben kam, hatte Moritz sein Frühstück bereits verputzt und wartete an der Terrassentür darauf, hinausgelassen zu werden. Seine vorsichtigen Schritte hinterließen eine schmale Spur in der jungen Schneeschicht.

Denisa trank eine Tasse Tee und aß dazu ein paar Kekse aus der Küche. Dann zog sie den Mantel an und ihre Stiefel und machte sich auf den Weg. Sie wollte zu Fuß zum Dorf gehen, so wie sie es mit ihrer Oma oft zusammen getan hatte. Den Weg kannte sie in- und auswendig. Zuerst kam man an den weiten Wiesen vorbei, die der Kobler-Bauer als Weiden nutzte. Im Frühling und

Sommer standen hier immer viele Pferde und Kühe, die friedlich grasten. Ein paar einzelne Bäume standen am Weg, über denen große schwarze Raben krächzend ihre Kreise zogen, und Denisa blieb stehen und beobachtete sie eine Weile, ihren Kopf in den Nacken gelegt. Sie hatte diese schlichten und doch prächtigen Vögel immer gemocht. Und wie sie dort so am Wegesrand stand, stellte sie sich auf einmal vor, ihre geliebte Oma erschiene ihr in Gestalt dieser schönen Raben mit ihrem anmutigen Flügelschlagen, die sich dann und wann lautlos auf den schneebedeckten Baumspitzen niederließen, um dann erneut aufzufliegen und sich wieder in den Reigen der anderen Vögel einzufügen. Denisa fühlte sich von ihnen auf seltsame Weise gerufen…

Es mochte wohl sein, dass das nicht mehr war als eine Phantasie ihrer trauernden Seele. Konnte es aber nicht auch sein, dass ihre Oma nun in allem war, was hier auf Erden lebte?

‚Gott ist überall' – traf das nicht auch auf die Seelen zu, die er zu sich geholt hatte?

Denisa konnte sich von dem Anblick kaum losreißen. Erst als aus dem Dorf schon die Kirchenglocken hinüber läuteten, zwang sie sich, zügig weiterzugehen. Ihre Füße waren kalt geworden und schmerzten beim Gehen. Sie musste jetzt noch das Waldstückchen durchqueren, dann vorbei an den abgeernteten Feldern gehen, um schließlich den Dorfeingang zu erreichen. Die kleine Kirche stand am Marktplatz, auf dem einige Verkaufsstände aufgebaut waren, und die Händler liefen dort geschäftig umher, um letzte Vorkehrungen zu treffen, denn nach dem Gottesdienst würde der Weihnachtsmarkt beginnen. So war es jedes Jahr.

Aus der Kirche drang Orgelmusik, und Denisa öffnete leise die Tür und hoffte, so wenigstens vorerst einmal unbemerkt zu bleiben. Der Duft von Weihrauch und Bienenwachs kam ihr entgegen. Ganz hinten in der letzten Reihe fand sie noch einen Platz, auf den sie sich unauffällig setzen konnte. Drei Reihen vor ihr saßen Herr und Frau Rheinhard, ein Paar Mitte Sechzig, das Oma gut gekannt hatte und über Jahrzehnte hinweg mit ihr gemeinsam in der Gemeinde tätig gewesen war. Frau Rheinhard kochte und buk ebenfalls für Feste und organisierte darüber hinaus Tombolas, Seniorenausflüge und Kindergottesdienste. Und durch ihr Engagement war schon so manche musikalische Abwechslung in die Gottesdienste gekommen. Einmal hatte sie sogar eine Trommelgruppe eingeladen, um beim Erntedankfest zu spielen. Bei dieser Erinnerung musste Denisa schmunzeln.

An der rechten Seite des Raumes standen Kerzen, welche die Menschen für ihre Verstorbenen anzündeten, und darüber hingen Fotos vor Kurzem verstorbener Gemeindemitglieder. Denisa konnte nicht anders, als dort hinzusehen. Das Bild ihrer Oma war leicht zu finden, da es ganz rechts hing. Das vertraute Gesicht, das vertraute Lächeln... Denisa konnte die aufsteigenden Tränen nicht unterdrücken.

‚Schau weg', befahl sie sich immer wieder, doch sie konnte den Blick einfach nicht abwenden. Wie ein Magnet zog das Bild ihn an.

‚Oma, wo bist du jetzt? Wo bist du...?'

Sie schrak zusammen, als plötzlich alle um sie herum aufstanden und begannen, das Glaubensbekenntnis zu sprechen. Um nicht aufzufallen, erhob sie sich ebenfalls, aber der Text wirkte auf Denisa wie mechanisch gesprochene Phrasen. Glaube an den heiligen Geist... das ewige Leben... was sollte das bedeuten? War Oma jetzt bei ihrem lieben Gott, diesem Allmächtigen, an den sie so innig geglaubt hatte? Oder war sie einfach ins Nichts gefallen?

Schließlich konnte Denisa die vielen Tränen nicht mehr zurückhalten. Um nicht zu schluchzen, presste sie die

Hand auf ihren Mund und verließ so schnell wie möglich die Kirche. Das Pfarrhaus befand sich gleich nebenan, und sie wollte dort auf die Toilette gehen, um durchzuatmen und sich die Nase zu putzen, denn sie hatte keine Tücher dabei. Und das, wo sie doch ständig am Weinen war!

Nach kurzem Zögern nahm sie gleich einen ganzen Packen von den Papierhandtüchern, die am Waschbecken der Damentoilette lagen, und stopfte sie in ihre Manteltasche, denn so wie ihr zumute war, würde sie die auf dem Heimweg brauchen.

Dann verließ sie die Damentoilette und wollte schon zum Ausgang des Pfarrhauses gehen, als ihr Blick auf den großen Gemeindesaal fiel, dessen Tür offenstand und einen Duft von Orangen und Kerzenwachs herausstömen ließ. Hier hatte der Leichenschmaus für ihre Oma stattgefunden, nachdem der Gottesdienst endlich vorbei gewesen war. Endlich, denn Denisa hatte fast geglaubt, dass sie diese andächtigen Worte des Pfarrers nicht würde durchstehen können. Ihr war so schwindelig gewesen, dass sie ihre Finger in die Kirchenbank hatte krallen müssen, um nicht zu fallen, so war es ihr zumindest vorgekommen. Diese vielen Worte, was bedeuteten sie?

‚Nimm sie auf in dein Reich... sie ist jetzt beim Herrn, dem allmächtigen Gott. Ihr tiefer Glaube an Jesus hat sie zu ihm gebracht...‘ Glaubte er selber, was er da sagte? Und wenn ja, wie konnte er sich sicher sein? Wie hatte ihre Oma sicher sein können, dass der Herrgott sie eines Tages zu sich holen würde, wie sie es oft formuliert hatte? Wie konnten die anderen Leute aus der Gemeinde sicher sein? Ein paar von ihnen hatten vor dem Leichenschmaus schöne Worte gefunden, Worte der Bewunderung, der guten Wünsche oder des Dankes. Doch inmitten dieser netten Menschen hatte Denisa sich alleine gefühlt. Alleine mit ihrem Schmerz und

27

ihrem Zweifel, und sie hatte am liebsten aufstehen und gehen wollen. Zurück zu dem hinteren Hof des Pfarrhauses, wo zuvor zwischen Gottesdienst und Schmaus der Wagen mit Omas Sarg darin zum Abschiednehmen gestanden hatte. Die Türen waren offen gewesen, der Sarg aus hellem Holz war ein wenig nach vorne gezogen worden, damit sich nacheinander alle hatten verabschieden können. Ein endlos langer Zug an Menschen, die Oma gekannt hatten, und Denisa hatte kaum wahrgenommen, wie einer nach dem anderen ihre Hand geschüttelt hatte, kaum gehört, was sie ihr sagten. Der Anblick des Sarges hatte sie festgeklammert.

Als alle Trauergäste weiter in Richtung Gemeindesaal zum Schmaus gegangen waren, war Denisa noch eine Weile vor dem offenen Wagen gestanden, bis schließlich der Bestatter leise die Türen geschlossen hatte. Dann hatte er ihr die Hand geschüttelt, ein paar Worte gesagt und war dann ins Auto gestiegen, um langsam den Hof zu verlassen. Mit ihrer Oma. Und das war das Schlimmste gewesen. ‚Geh nicht!‘, hatte es in Denisa geschrien, und es hatte sie viel Kraft gekostet, ruhig stehen zu bleiben. Am liebsten wäre sie hinterhergelaufen wie ein kleines Kind…

Das Geräusch von Schritten an der Eingangstür ließ Denisa nun aus ihren Gedanken hochschrecken. Wie die Tür geöffnet worden war, hatte sie nicht gehört. Auf dem Gang stand Frau Rheinhard mit ein paar Kerzen in der Hand, die sie wohl in den Gemeindesaal bringen wollte.

„Hallo Denisa…“, rief sie überrascht, doch als sie ihr genauer ins tränenverquollene Gesicht sah, verstummte sie. Wortlos legte sie die Kerzen auf die Kommode neben dem Eingang und ging zu Denisa.

„Du armes Kind“, sagte sie leise und legte ihre Arme vorsichtig um sie. Denisa ließ es geschehen. Sie ließ sich halten und wiegen wie ein kleines Kind, bis sie sich aus der Umarmung lösen musste, um sich die Nase zu putzen. Frau Rheinhard betrachtete sie.

„Ich brauche wohl nicht zu fragen, wie es dir geht, oder?", vermutete sie. Denisa schüttelte den Kopf und schnäuzte sich abermals.

„Sie fehlt mir so", sagte sie schließlich, ohne Frau Rheinhard anzusehen, das zerknüllte Taschentuch in ihrer Faust vergraben. Ihr Gesicht musste furchtbar aussehen vom Weinen, und sie schämte sich etwas. Draußen waren die Stimmen der Menschen zu hören, die aus der Kirche auf den Markt strömten. Ein fröhliches Treiben, das von einer Musikkapelle untermalt wurde.

„Es ist schön, dass du sie so liebst", brach Frau Rheinhard auf einmal das Schweigen zwischen ihnen. „Das kann dir keiner nehmen, Denisa."

Und dann nahm sie fast schwungvoll den Arm der Jüngeren und hakte sich bei Denisa unter.

„Komm, jetzt trinken wir erst einmal einen heißen Glühwein zusammen", sagte sie und zog Denisa aus dem Pfarrhaus. Draußen hatte der Markt begonnen, und viele Menschen mit fröhlichen Gesichtern gingen zwischen den Buden umher, unterhielten sich und wärmten an heißen Tassen ihre Hände. Herr Rheinhard kam auf sie zu und begrüßte Denisa. Er stellte keine Fragen, und sie war ihm dankbar dafür. Die Rheinhards unterhielten sich mit ein paar Bekannten, die auch an dem Stand ihren Glühwein tranken, und es tat Denisa gut, einfach nur dabei zu stehen und zuzuhören. Keine unangenehmen Fragen, kein Austauschen von oberflächlichen Höflichkeiten. Der heiße Glühwein brannte wohltuend in ihrer schmerzenden Kehle, sodass sie ihn zügig trank.

Von dem Nachbarstand zogen die Düfte verschiedenster Gewürze herüber. Auch Nelken meinte Denisa herauszuriechen. Hatte Oma nicht auch ein Rezept für

Lebkuchen? Diese leckeren mit Kardamom und Nelkengewürz darin?

Frau Rheinhard musste ihren Blick bemerkt haben, denn sie lächelte. „Riecht gut, oder? Dort werde ich mir gleich noch etwas Zimt holen."

„Ist das der Stand, bei dem meine Oma immer das Nelkengewürz gekauft hat?", fragte Denisa ohne lange nachzudenken. Frau Rheinhard nickte eifrig.

„Jaja, alle kaufen bei ihm die Weihnachtsgewürze. Er hat einfach die beste Qualität." Und mit einem aufmunternden Nicken fügte sie hinzu: „Schau doch mal hin zu ihm."

Denisa nickte und bedankte sich für den Glühwein. Das wollte sie jetzt machen!

Der Stand war verhältnismäßig groß und hatte eine unglaubliche Auswahl verschiedenster Gewürze ausgelegt, ebenso wie einige unterschiedliche Sorten an Honig und Zucker. Ein kleines Tütchen mit braunem Kandiszucker suchte Denisa sich aus. Den würde sie für die Kandistaler brauchen. Nach dem Nelkengewürz musste sie den Verkäufer fragen, weil sie es einfach nicht finden konnte in dieser riesigen Auswahl. Er zeigte ihr dann auch gleich, wo das Kardamom lag. Nachdem sie noch eine Weile lang alles betrachtet hatte, bezahlte sie ihre drei Tütchen und steckte sie in ihre Tasche.

Die Rheinhards waren inzwischen so sehr ins Gespräch mit den anderen Leuten vertieft, dass Denisa sie nicht stören wollte. Sie zog es ohnehin vor, alleine an den verschiedenen Ständen entlangzugehen und sich all die schönen Dinge in Ruhe anzusehen. Das hatte sie schon immer gerne gemacht zur Weihnachtszeit. Es gab Stände mit lecker duftenden Süßigkeiten und Gebäck, welche mit Spielzeug und allerlei Schnitzereien aus Holz. Besonders gefielen Denisa die großen Holznussknacker und die Weihnachtspyramiden. Irgendwo in Omas Haus musste auch so ein Nussknacker sein, erinnerte sie sich und beschloss, ihn zu suchen, wenn sie wieder zurück war. Einige Stände verkauften wunderschöne Kerzen. Die aus Bienenwachs rochen am besten, aber am schönsten fand Denisa ein paar einfache rote Kerzen, die leicht nach Pinienharz rochen. Sie nahm gleich vier davon mit.

Eine Weile ging sie noch zwischen den Ständen umher und lauschte einem Kinderchor, der traditionelle Weihnachtslieder sang. Langsam jedoch wurden Denisas Füße kalt, und sie sehnte sich nach dem warmen Haus. Deshalb verabschiedete sie sich von den Rheinhards, die sich noch immer am Glühweinstand unterhielten, und machte sich auf den Weg zurück.

Nun brachen sogar Sonnenstrahlen durch die dicken Wolken und ließen die Schneedecke auf den Feldern glitzern. Denisa entdeckte an einem Koppelzaun ein fast unversehrtes Spinnennetz, in dessen Fäden sich lauter Eiskristalle festgesetzt hatten. Wunderschön glitzerte es in der Sonne und fesselte Denisa einen Moment lang, denn solche kleinen Wunder in der Natur mochte sie sehr. Die Natur gab Schönheit ohne zu fragen, einfach um ihrer selbst willen.

Im Wohnzimmer war das Feuer heruntergebrannt, aber die Glut reichte aus, um die neu aufgelegten Holzscheite zu entzünden. Bald würde das Feuer zur erneuten Glut werden und den Raum sowie auch bald den Gang aufheizen. Moritz schnupperte neugierig an Denisas Tasche, die sie auf den Tisch gestellt hatte. Wahrscheinlich roch er den Kiefernduft der Kerzen, ein Duft, der ihm aus dem Wald bekannt war. Denisa fand in der Küche ein großes Glas, in das sie etwas Kies aus dem Garten einfüllte. Dann stellte sie eine der Kerzen auf den Kies und zündete sie an. Das Ganze stellte sie in die Mitte des Wohnzimmertisches.

„Das Licht ist für dich, Oma", sagte sie leise und trat zurück. Noch tanzte die Flamme aufgeregt um den frischen Docht, doch bald beruhigte sie sich und brannte still vor sich hin.

Die Gewürze brachte Denisa in die Küche, aber sie wollte zuerst einmal etwas essen, bevor sie mit dem Backen anfing. Mit einer Tasse Tee und zwei belegten Broten setzte sie sich ins Wohnzimmer vor das Feuer und schlug das Backbuch auf. Welche Plätzchen waren am leichtesten zu backen? Sie hatte fast keine Erfahrung damit, und sie brauchte ein Erfolgserlebnis, das spürte sie. Daher entschied sie sich schließlich für das Spritzgebäck, für das der Teig nach dem Rezept schnell hergestellt sein musste. Mehl, Zucker, Eier, Butter, Nüsse... sämtliche Backzutaten waren in Omas Küche immer vorrätig, war sie doch selbst eine so leidenschaftliche Bäckerin gewesen. Sie hatte immer alles zur Hand haben wollen, um schnell einen Teig herstellen zu können. ‚Teich‘ hatte sie immer gesagt, denn sie sprach das g wie ein ch aus. Wie oft hatte Denisa darüber gelacht. Ein bisschen musste sie in den Schränken suchen, bis sie die Spritztüte gefunden hatte. Der weiße Kunststoff der Tüte war schon sehr vergilbt, aber es war wunderbar, etwas zu benutzen, das ihre Oma so oft in den Händen gehalten hatte. Sie zeichnete mit dem Teig kleine Kringel auf das Blech, s-förmige und z-förmige Linien, sowie einfache Punkte. Nach einer Weile machte das richtigen Spaß. Sie malte einen Tannenbaum aus Teig, Sterne unterschiedlicher Form und Größe, und sie versuchte sogar, Moritz‘ Gesicht zu porträtieren. Letzteres war aber nicht zu erkennen. Der Teig floss heillos ineinander, sodass ein großer Taler entstand.

Denisa fing sogar an, Weihnachtslieder zu trällern, als sie den Ofen einschaltete und wenig später das erste Backblech hineinschob. Während die erste Ladung Plätzchen buk, stieg sie hinauf in die Dachkammer und suchte nach dem Nussknacker. Und wirklich, sie fand ihn in einer Kiste, ordentlich verpackt, neben allerlei

Weihnachtssternen und Glitzerkugeln. Sie nahm gleich die ganze Kiste mit ins Wohnzimmer.

Der Duft des fertigen Spritzgebäcks zog durch das Haus und versetzte Denisa unmittelbar in eine weihnachtliche Stimmung. Nachdem sie das zweite Blech Kekse in den Ofen geschoben hatte, setzte sie sich mit der Kiste auf das Sofa. Erwartungsfroh breitete sie deren Inhalt um sich herum aus, und jedes einzelne Stück weckte tiefe Erinnerungen in ihr. Ein paar Papiersterne hängte sie mit Tesafilm an die Fenster im Wohnzimmer. Die meisten hatte sie selbst als Kind gebastelt, und zum Teil waren sie schon ganz schön gezeichnet von der jahrelangen Nutzung. Aber als sie nun die Fenster zierten, stiegen in Denisa wunderbare Erinnerungen daran hoch, wie sie mit ihrer Oma zusammen gebastelt hatte als Kind. So wunderbar, dass sie die Arme um ihren Oberkörper schlang und sich sanft vor dem Fenster hin und her wiegte. Sie erinnerte sich, wie sie zusammen am Esstisch gesessen hatten und sie als Mädchen unglaublich stolz auf jeden gelungenen Stern gewesen war. Und auch auf die Krippenszene mit all den Figuren und Tieren, die sie aus Ton- und Transparentpapier gebastelt hatte. Damals hatte sie sich oft vorgestellt, sie wäre einer von den Hirten, dem der Engel erschien und sagte: ‚Fürchtet euch nicht.' Mit ihren drei Schafen - sie besaß zwei Schafe aus Plüsch und eines aus Kunststoff - war sie dann durch das Haus gezogen zur Krippe, wo sie dem Jesuskind huldigte. Jetzt musste Denisa darüber schmunzeln, aber für sie als Kind war das ein sehr ernstes, fast heiliges Spiel gewesen.

Warum konnte Gott ihr nicht auch einen Engel schicken? Einen, der ihr sagte, dass sie sich nicht zu fürchten brauchte und dass alles gut werden würde. Aber für die Erwachsenen gab es wohl keine Engel mehr…

Denisa verbrachte den Rest des Tages damit, die Plätzchen fertig zu backen und mit Schokoladenglasur zu verzieren. Später am Abend schaltete sie den alten Fernsehapparat ein und sah sich den Rest des Weihnachtsklassikers *Der kleine Lord* an, der sie auf wunderbare Weise in die Welt ihrer Kindheit entführte.

KAPITEL VIER

Der nächste Vormittag verlief ruhig. Denisa stand auf, zog sich an, machte Moritz sein Futter und zündete ein Feuer und die Kerze im Wohnzimmer an. Irgendwie war es ihr wichtig, dass diese Kerze brannte. Dieses Licht für ihre Oma.

Dann frühstückte sie zum ersten Mal seit Tagen wieder ausgiebig mit Tee, Toast, Marmelade und Eiern. Es fühlte sich richtig ungewohnt an, dass sie essen konnte, ohne dabei Übelkeit zu empfinden. Neben ihr an der Wand hing ein Foto ihrer Oma, und Denisa betrachtete es lange, während sie den Toast kaute und Tee schlürfte. Das vertraute Gesicht darauf, das sie gestern noch zum Weinen gebracht hatte, löste jetzt ein warmes Gefühl in ihr aus. Es war das Bild, das sie selbst letztes Jahr gemacht hatte während eines schönen Frühlingsspaziergangs. Ihre Oma hatte es in einen blauen Rahmen getan und über dem Esstisch aufgehängt zu all den anderen Bildern von glücklichen Tagen.

Mit frischem Elan und gestärkt vom Frühstück machte Denisa sich dann daran, die Spitzbuben und die Kandistaler zu backen. Das fertige Spritzgebäck packte sie in Keksdosen mit weihnachtlichen Motiven, die seit Jahrzehnten die Weihnachtsleckereien beherbergten.

Es war weit nach Mittag, als sie die letzten Plätzchen verstaut und die Küche in ihren Ausgangszustand zurückversetzt hatte. Erschöpft ließ sie sich auf das Sofa fallen und streckte ihre Glieder und atmete tief durch. Sie fühlte sich müde, aber nicht schlecht. Irgendwie seltsam… unerwartet angenehm, zufrieden… froh…

Wie konnte das sein? Gestern war sie noch so traurig und verzweifelt gewesen. Und jetzt schienen diese Gefühle auf einmal so weit weg zu sein. Was war geschehen? Bei diesen Gedanken spürte sie einen leichten Anflug von Panik in sich aufsteigen. Wo war die Sehnsucht nach ihrer Oma geblieben? Wo waren der Schmerz und das Verlangen, sie bei sich zu haben? Oma schien auf einmal so weit weg zu sein, obwohl Denisa sich hier in ihrem Haus befand, zwischen all den Dingen, die an Oma erinnerten. Konnte Trauer so schnell vergehen? Das durfte nicht sein! Sie war die einzige Verbindung, die es noch zwischen ihnen gab!

Unruhig geworden, stand Denisa vom Sofa auf. Die Kerze auf dem Tisch war ausgegangen und der Docht im flüssigen Wachs untergegangen. Mit einem Streichholz hob sie ihn nach oben und wartete, bis das Wachs soweit festgeworden war, dass es ihm Halt bieten konnte. Auf einmal hatte Denisa ein starkes Bedürfnis nach frischer Luft. Sie öffnete die Terrassentür und ließ die kühle Frische hineinströmen, aber irgendwie half das nicht. Ihr Blick fiel auf die Müllsäcke, die immer noch auf der Terrasse standen. Eine leichte Schneeschicht hatte der Wind zu ihnen unters Dach getragen und sie damit bedeckt. Moritz schlüpfte zwischen ihren Beinen hindurch in den Garten.

Es wäre vernünftig, die Müllsäcke jetzt wegzubringen, sagte sich Denisa, aber sie konnte sich einfach nicht dazu durchringen. Sie wollte nicht mit dem Auto fahren. Sie brauchte Bewegung. Ohne einen genauen Plan schloss sie deshalb die Terrassentür, zog sich ihre Stiefel und den Mantel an und verließ das Haus. Die kalte Luft strich um ihren Kopf, und deshalb zog sie die Mütze aus ihrer Manteltasche und setzte sie auf. Aus ihrem Mund stiegen stetig kleine Wölkchen auf.

Denisa begann zügig zu gehen, denselben Weg, den sie gestern gegangen war. Den Weg zum Dorf. Heute schien die Sonne nicht, der Himmel war nur grau in grau, und hin und wieder fielen ein paar Flocken Schnee

zu Boden. Denisa wollte zum Wald, weil sie hoffte, dass dort der kalte Wind nicht so schneidend sein würde wie zwischen den Wiesen. Auch die Raben suchten wohl Zuflucht dort. Sie ließen sich auf den Wiesen nicht blicken. In der Ferne konnte Denisa die leisen Kirchenglocken hören, die drei Uhr schlugen. Sonst war nichts zu hören im Wald, außer dem Rauschen der Baumspitzen im Wind. Es duftete nach Tannennadeln und Harz. Denisa ging querfeldein zwischen den Bäumen hindurch, über weiches Moos, vorbei an Pilzen, die den Herbst noch überdauert hatten. Die Tannen- und Fichtenzweige hingen teilweise so tief, dass sie ihr immer wieder übers Gesicht streiften, wobei ihr der gute Duft der Nadeln in die Nase schwebte. Dieser wunderbare Duft! Ohne ihn wäre der alljährliche Adventskranz in ihrer Kindheit nur halb so schön gewesen. Die Kerzen, die wundervolle Verzierung... das alles war nur so schön weil der Kranz duftete, als käme er frisch aus dem Wald. Diesen Duft, das wurde ihr jetzt bewusst, hatte Denisa im Haus vermisst. Er gehörte zur Weihnachtszeit dazu, genauso wie der Duft der Plätzchen.
Und spontan beschloss sie, selbst einen Kranz zu binden. Zweige gab es hier ja in Hülle und Fülle. Sie brauchte sich nur an der Natur zu bedienen. Ganz leicht war es zwar nicht, die teilweise dicken Zweige von den Bäumen zu brechen, jedoch tat Denisa diese körperliche Anstrengung richtig gut. Sie konnte gar nicht genug kriegen, immer mehr Zweige brach sie von den Bäumen und lud sie auf ihren Arm. Ein paar Tannenzapfen sammelte sie ebenfalls und stopfte sie in ihre Manteltaschen. Kurz dachte sie zwar daran, dass das Harz der Zweige ihren Mantel verschmutzen könnte, aber das konnte sie nicht davon abhalten, weiter zu sammeln. Auch nicht, dass die Zweige in ihrem Arm langsam unangenehm schwer wurden. Erst, als sie wirklich nicht mehr tragen konnte, machte sie sich auf den Heimweg.

Es dämmerte bereits, und der eisige Wind ließ ihre Augen mittlerweile tränen. Und so nahm sie die Gestalt zunächst gar nicht wahr. Erst als sie eine Stimme hörte, sah sie auf.

„Hallo." Die junge Frau kam ein paar Schritte auf Denisa zu.

„Weißt du, wo ich hier einen Platz zum Schlafen finden kann?" Sie rieb sich die frierenden Hände. Am Wegesrand stand ein Rucksack, der ihr zu gehören schien. Ihre Jacke war sehr dünn für dieses Wetter, kein Wunder, dass sie fror!

„Weißt du etwas, wo ich schlafen kann?", nahm Denisa erneut die Stimme wahr. Was sollte sie tun? Ihr den Weg ins Dorf weisen? Aber von dort schien die Frau gerade zu kommen, und außerdem sah sie nicht so aus, als könne sie sich ein Hotel leisten. Ihre Hose und die Schuhe sahen alt und zerschlissen aus. Gab es im Dorf ein Heim für Obdachlose? Denisa wusste es nicht. Was sollte sie machen? Sie konnte diese Frau ja kaum mit in Omas Haus nehmen…

Sie erwachte erst aus ihrer Erstarrung, als die junge Frau sich schon zum Gehen gewandt hatte.

„Warte!", rief Denisa und berührte sie an der Schulter. „Du kannst bei mir schlafen. Bei mir ist Platz genug."

Was hatte sie getan? Warum hatte sie das gesagt? Sie, die sonst immer so vorsichtig war und überall Gefahr witterte! Sie wusste nicht, wer diese Frau war! Die konnte in der Nacht Omas Haus ausräumen und verschwinden! Warum lud Denisa sie ein in ihren heiligsten Ort? Sie musste sich sofort entschuldigen und sagen, dass es doch nicht möglich war.

‚Sag' ihr, du hast dich geirrt…, sag' ihr, im Dorf gibt es eine Pfarrgemeinde, zu der sie gehen kann. Sag' ihr…'

Denisa umfasste die Zweige in ihren Armen fester. Waren nicht auch Maria und Josef auf der Suche nach Obdach gewesen?

„Es ist nicht weit", hörte sie sich sagen. Was machte sie da?

Die Frau sah sie erst verwundert an, aber dann nahm sie ihren Rucksack vom Boden und setzte ihn auf.

„Danke", hörte Denisa wieder ihre Stimme, und dann spürte sie, wie die Frau ihr ein paar von den schweren Zweigen abnahm, während sie sagte: „Komm', ich helfe dir."

So gingen sie eine Weile schweigend nebeneinander her den Weg entlang. Denisa wusste nicht, was sie sagen sollte. Diese Frau war sonderbar mit ihren zerschlissenen Kleidern, aber sie weckte Denisas Interesse. Wer war sie? Wo kam sie her, und warum war sie so dünn bekleidet bei diesem Wetter unterwegs? Denisa traute sich nicht zu fragen, sondern sah ihre neue Bekanntschaft nur vorsichtig von der Seite an. Wenigstens hatte sie eine Mütze auf, unter der ein paar dunkle Haare hervorlugten. Sie lächelte Denisa an und legte ihren Kopf leicht schief, als sie sagte: „Ich bin Mia."

Sogar im schwachen Licht der Dämmerung konnte Denisa sehen, dass sie tiefgrüne Augen hatte.

„Ich heiße Denisa", antwortete sie, und sie bemerkte zu ihrem Missfallen, dass ihre Stimme zittrig klang. Es gelang ihr nicht, ruhig zu atmen. Warum war sie nur so nervös, etwa weil sie einen großen Fehler machte? Der Gedanke schoss ihr ein paarmal durch den Kopf. War es ein Fehler, diese fremde Frau einfach mit zu sich zu nehmen? Seltsamerweise fühlte es sich nicht so an…

Denisa war froh, als der Umriss des Hauses sichtbar wurde.

„Da vorne ist es schon", sagte sie und deutete in die Richtung. Mia folgte ihrem Blick. Von außen sah das Haus gar nicht so groß aus, besonders jetzt nicht, da das Licht rasch schwächer wurde. Denisas Auto war unter der Schneeschicht kaum zu sehen. In den nächsten Tagen würde sie es wohl immer wieder freischaufeln müssen bei dem verschneiten Wetter. Sie schloss die Tür auf und ließ Mia vorangehen.

„Die Zweige kannst du da in die Küche legen", sagte sie zu ihr und deutete auf die Küchentür. Mia sah sich mit neugierigen Augen um.

„Schön hast du es hier." Sie zog ihre dünnen Schuhe aus und legte die Zweige auf die Küchenablage.

„Und schön warm", fügte sie hinzu. Sie rieb sich die Hände. Sie musste total durchgefroren sein! Plötzlich hörten sie ein Kratzen an der Terrassentür und ein herzzerreißendes Maunzen.

„Moritz!", rief Denisa aus und eilte zu der Tür. Der arme Kater war ja auch die ganze Zeit draußen in der Kälte gewesen! Rasch schlüpfte er ins Zimmer, stockte dann, als er Mia erblickte und schnupperte wild in der Luft umher. Und er hatte Recht. Mia konnte ein Bad gebrauchen. Hier im Warmen roch sie etwas streng, aber wie sollte Denisa das ansprechen, ohne sie zu kränken? Gerade suchte sie noch nach den richtigen Worten, als Mia ihr zuvorkam:

„Könnte ich vielleicht duschen? Ich bin seit Tagen draußen unterwegs."

Seit Tagen? In dieser Jacke und den dünnen Schuhen? Denisa hatte sofort die Stimme ihrer Oma im Ohr, wie sie oft gesagt hatte: ‚Kind, verkühl' dich nicht!'

Hatte Mia denn niemanden, der ihr solche Sätze sagte? Denisa ging zur Treppe, legte ihren Mantel zum Trocknen über das Geländer und bedeutete Mia mit einer Geste, ihr zu folgen.

„Du kannst auch gerne ein heißes Bad nehmen", bot sie an, während sie die Stufen hochstieg.

„Das wäre super!", hörte sie Mia hinter sich erwidern. „Mir ist so kalt!"

Aus Omas Kleiderschrank nahm Denisa zwei Handtücher und Omas Turnanzug, den sie für ihre Physiotherapie gekauft hatte, als sie Rückenprobleme gehabt hatte.

Denn Mias Rucksack sah nicht so aus, als würde er viel Platz für Wechselkleidung bieten. Sie nahm die Sachen mit einem Danke entgegen. Oma hatte den Turnanzug ohnehin nie gemocht.

Während ihr Gast im Badezimmer war, ging Denisa zurück ins Erdgeschoß. Sie reinigte die Tannenzweige in der Küche und breitete auf dem Wohnzimmerteppich zwei Müllsäcke aus, um sie darauf zu platzieren. Dann legte sie neues Holz auf das Feuer im Kamin und hockte sich auf den Teppich vor die Zweige. Wunderbar war der Duft, der von ihnen aufstieg. Das waren so viele, daraus konnte sie sogar einen richtig großen Adventskranz binden! Zwar war es viele Jahre her, dass sie das in der Schule mal gemacht hatte, aber so schwer konnte es ja nicht sein. In der Küche fand sie etwas Blumendraht und eine Gartenschere. Die hätte sie wahrlich im Wald schon gut brauchen können, denn jetzt bemerkte sie, dass ihre Hände zerkratzt waren von ihrer Arbeit an den Bäumen.

Im Wohnzimmer hockte sie sich wieder auf den Boden vor den ausgebreiteten Müllsack. Wie fing sie den Kranz am besten an? Sie suchte einen soliden Zweig aus, der trotz seiner Stärke ganz elastisch und formbar war. Vorsichtig bog sie ihn zu einem Rad und umwickelte die Enden so lange mit Draht, bis das Ganze fixiert war. Ganz rund war es nicht, aber das störte Denisa nicht. Nun legte sie ein Zweigstück nach dem anderen an das Rad und wickelte den Draht darum, bis jedes einzelne hielt. Dabei musste sie den Draht immer straff halten, damit sich das gerade Gebundene nicht gleich wieder löste, und sie arbeitete so konzentriert, dass sie gar nicht hörte, wie Mia die Treppe hinunterkam. Denisa erschrak, als sie auf einmal deren Stimme neben sich vernahm: „Kann ich dir helfen?"

Es musste wohl mühsam aussehen, was sie da machte, denn Mia nahm ihr die Gartenschere aus der Hand, mit der Denisa gerade ein passendes Stück Zweig hatte abschneiden wollen, während sie mit der anderen Hand den unfertigen Kranz festhielt. Mit ein paar raschen Bewegungen schnitt Mia kleinere Zweige ab und reichte sie Denisa.

„Danke", sagte diese, nicht wenig überrascht, und wickelte dann weiter, um ihr Werk zu vollenden. Mia blieb neben ihr sitzen und reichte ihr immer wieder die passenden Stücke an. Sie sprachen nicht. Die Ärmel des Jogginganzuges hatte Mia bis zu den Ellenbogen hochgeschoben, und obwohl sie so beschäftigt war, fiel Denisa ein kleines Tattoo an Mias Handgelenk auf. Es war eine Sonne.

Noch etliche Zweige waren übrig, als der Kranz eine schöne Form erreicht hatte. Denisa ließ Mia den Draht durchtrennen und steckte das Ende tief in den Kranz hinein. Ein wenig oval war er geworden, aber Denisa gefiel er trotzdem.

„Ein Adventskranz?", fragte Mia. Denisa nickte nur und stand auf, um ihn auf den Tisch zu legen. „Danke für deine Hilfe", murmelte sie dabei.

Mia antwortete nicht. Sie blieb auf dem Boden hocken und sammelte die Tannennadeln ein, die auf den Teppich gefallen waren. Jung sah sie aus, vielleicht Anfang zwanzig. Ihre dunklen Haare waren kurz geschnitten und noch feucht vom Baden. Sie hatte eine sportliche Figur, der Jogginganzug stand ihr irgendwie.

„Hast du Hunger?", fragte Denisa unvermittelt, denn sie spürte ihren Magen heftig knurren. Sie hatte seit dem Frühstück nichts mehr gegessen, und sie konnte sich denken, dass auch Mia hungrig war. Die folgte ihr in die Küche. Vom Frühstück stand noch die Marmelade auf dem Küchentisch, und auf einmal verspürte Denisa einen regelrechten Heißhunger auf Pfannkuchen.

„Pfannkuchen wären super!", antwortete Mia auf ihre Frage. Gemeinsam machten sie den Teig aus Eiern,

Mehl und Milch. Sie taten dies fast schweigend, was Denisa etwas unangenehm war. Immer wieder blickte sie verstohlen zu Mia, hin- und hergerissen.

„Warst du lange draußen unterwegs?", traute sie sich endlich zu fragen, während sie auf das Schmelzen der Butter in der Pfanne warteten. Mia verteilte sie mit der Gabel auf dem Pfannenboden. Sie schien mit ihrer Antwort zu zögern.

„Eine Weile", sagte sie schließlich.

Denisa hätte gerne gewusst, warum sie hier in der Gegend unterwegs war, aber Mias Gesichtsausdruck und der abgewandte Blick wirkten so, als wolle sie nicht darüber sprechen. Sie rührte gedankenverloren in dem Pfannkuchenteig herum, und als die Butter in der Pfanne geschmolzen war, goss sie wie selbstverständlich einen Löffel davon hinein.

„Du feierst Weihnachten wohl gerne?", wechselte sie dann unvermittelt das Thema und sah Denisa mit ihren wachen grünen Augen an. Die zögerte mit ihrer Antwort. Mochte sie Weihnachten? Sie mochte das Backen, das Dekorieren, die Düfte und die Weihnachtsmusik. Aber warum? Eigentlich nur, weil ihre Oma das Fest so gerne gemocht hatte. Sie liebte es, diese Bräuche zusammen mit ihr zu erleben. Aber jetzt? Wie sollte sie das Fest jetzt feiern? Wie würde es sein, alleine an Heiligabend? Denisa zwang sich zu lächeln und nickte.

„Ich mag diese Bräuche einfach gerne", antwortete sie und war froh, den Pfannkuchen wenden zu können. Sie hoffte sehr, dass ihr Gast ihre Tränen nicht sah. Da war sie also wieder, die Trauer…

Denisa hielt Mia den Pfannenheber hin. „Magst du grad weitermachen? Dann decke ich den Tisch."

Sie holte Teller, Besteck und Gläser aus den Schränken. Ebenso nahm sie die Marmelade, Zucker und Honig mit ins Esszimmer. Der Tisch dort war vom Frühstück noch leicht schmutzig, sodass sie ihn erst einmal sauberwischen musste, bevor sie ihn decken konnte. In der Küche wurden indes die Pfannkuchen rasch fertig. Etwas ungeschickt legte Mia sie auf einen Teller neben dem Herd. Als sie den letzten mit einem lauten *Flatsch!* auf den Teller warf, musste Denisa schmunzeln.

„Du kochst wohl nicht oft?", fragte sie und stellte die heiße Pfanne zum Abkühlen ins Spülbecken. Mia ließ die Frage unbeantwortet, griff stattdessen nach einem Stück Pfannkuchen, das auf den Tisch gefallen war, und steckte es sich in den Mund.

„Aber ich esse gerne", nuschelte sie und entlockte Denisa ein noch breiteres Lächeln. Diese Frau war frech, aber sie erheiterte ihr Gemüt auf eine wunderbare Weise. Und tatsächlich waren sie beide wirklich hungrig gewesen, denn sie hatten die Pfannkuchen schnell aufgegessen. Mia lehnte sich zurück und streckte sich.

„Das war gut", murmelte sie und sah Denisa dann mit ganz unvermittelt ehrlichen Augen an.

„Danke für das Essen, Denisa." Sie nahm ihr Besteck und stapelte das Geschirr aufeinander.

„Und danke, dass du mich in dein Haus eingeladen hast. Das hätten nicht viele gemacht", fügte sie dann hinzu. Denisa fühlte sich überrumpelt von so viel Aufrichtigkeit, und sie wollte gerade abwinken und Worte finden, um ihr Handeln herunterzuspielen, doch Mia sprach gleich weiter: „Wohnst du hier alleine?"

Diese Frage hatte Denisa befürchtet. Was sollte sie jetzt antworten? Sie wollte nicht über Oma sprechen!

„Das Haus gehört meiner Oma, aber sie ist grad nicht da", hörte sie sich sagen. Mia sah sie eine Weile schweigend an, dann lächelte sie unvermittelt und sah sich um.

„Es ist ein schönes Haus."

„Mein Urgroßvater hat es gebaut." Denisa wunderte sich, wie leicht ihre Stimme jetzt klang. Wie losgelöst von der Schwere in ihrem Herzen, so als wäre sie nicht bei sich.

„Meine Oma ist hier schon aufgewachsen."

Mia sah erneut zur Zimmerdecke hinauf, wo die soliden Balken dem Bau Stabilität verliehen. Und das seit fast neunzig Jahren. Ein Inbegriff der Beständigkeit.

„Ich mag solche alten Häuser", erwiderte sie. Denisa überlegte, was sie sagen könnte, doch Mia machte gleich weiter, indem sie wieder das Thema wechselte: „Und was machst du jetzt mit dem Kranz? Wo wirst du ihn hinstellen?" Das hatte Denisa sich noch gar nicht genau überlegt, aber jetzt schien ihr der Wohnzimmertisch der beste Platz zu sein. Das Glas mit der Kerze, die sie für ihre Oma gekauft hatte, würde gut in die Mitte des Kranzes passen. Denisa bedeutete Mia mit einer Handbewegung, ihr zu folgen, denn sie wollte diese Idee gleich in die Tat umsetzen. Und tatsächlich passte das Glas genau in das Loch in der Kranzmitte.

Hier und da zupfte Denisa noch an dem Kranz herum, bis sie vollends zufrieden war. Sie trat einen Schritt zurück, betrachtete ihr Werk. Ein leises Seufzen konnte sie nicht unterdrücken wie sie die Kerze so ansah. Sie war ein Sinnbild für Trost, aber auch eine stete Erinnerung daran, warum Denisa Trost brauchte. Eine Erinnerung an die Wunde, die in ihr klaffte. Und doch brauchte sie diese Kerze.

Mit einer fast automatischen Handbewegung nahm sie die Streichhölzer vom Tisch und zündete sie an. Aus dem Augenwinkel konnte sie Mia sehen. Die junge Frau beobachtete sie schweigend, und auf einmal war Denisa das sehr unangenehm. Es war ihr, als könne Mia durch sie hindurchsehen und ihre Gefühle erraten. Rasch legte sie daher die Streichholzschachtel auf den Tisch zurück und sagte: „Etwas Schmuck fehlt natürlich noch."

Sie stellte die Kiste mit dem Adventsschmuck, die sie am Vortag zusammen mit dem Nussknacker vom

Dachboden geholt hatte, neben den Kranz auf den Tisch. Darin lagen noch einige bemalte Kiefernzapfen, bunt schillernde Kugeln und glitzernde Sterne. Auch ein paar kleine Glöckchen lagen ganz unten.

„Kann ich dir helfen?", fragte Mia und setzte sich vor den Tisch auf das Sofa. Denisa schenkte ihr ein Lächeln und war selbst überrascht, dass sie sich über diese Frage freute. Es erleichterte sie irgendwie, jetzt nicht alleine zu sein, und es war schön, dass Mia so freundliches Interesse zeigte. Während sie Stück für Stück die Gegenstände mit Draht im Kranz befestigten, sprachen sie nicht. Sie kamen sich auch nicht in die Quere, denn Mia war sehr aufmerksam und schien gut zu erahnen, wie Denisa der Kranz gefallen würde. Fast war es wie eine Art Meditation, die sie beide zusammen erlebten. Jede für sich und doch ganz bei der Sache. Zumindest kam es Denisa so vor, und vielleicht war es auch so einfach, gerade weil sie Mia nicht kannte.

KAPITEL FÜNF

Es dauerte eine ganze Weile, bis Denisa in einen unruhigen Schlaf fiel. Dunkle Bilder schwirrten in ihrem Kopf umher, und einzelne Traumfetzen kamen und gingen. Mehrmals schreckte sie hoch, weil sie meinte, ein Geräusch gehört zu haben. Sie spürte, dass es sie doch etwas verunsicherte, diese fremde Frau im Schlafzimmer ihrer Oma zu wissen. Aber das Sofa war nun mal zu schmal, um darauf zu schlafen.

Als Denisa endlich richtig einschlief, fand sie sich in einer einsamen Traumwelt wieder. Sie war umgeben von einem Wald mit hohen Bäumen, die ganz still waren und eine vertraute Ruhe ausstrahlten. Und auf einmal konnte sie spüren, dass ihre Oma anwesend war. Denisa konnte sie nicht sehen, aber sie konnte ihre Gegenwart spüren. Und dann war sie am Rand des Waldes angekommen, an dem eine Art See oder Weiher lag. Wie magisch zog sie das Wasser an, es schien sie zu rufen. Sie kniete sich an das Ufer, um hineinzusehen, konnte aber nichts erkennen. Und als sie sich dann umsah, da standen diese freundlichen Bäume in riesigen Flammen! Ein entsetzliches Gefühl des Grauens packte Denisa, und ihre Furcht war groß, obwohl die Flammen sie nicht unmittelbar bedrohten. Die grausame Erkenntnis überkam sie, noch bevor sie das Gesicht ihrer Oma sehen konnte: ihre Oma verbrannte inmitten dieser Bäume in den schrecklichen Flammen!

Denisa wollte schreien, doch sie brachte keinen Laut hervor. Oder doch? Hatte sie geschrien? Sie erwachte abrupt, weil jemand an ihrer Schulter rüttelte. Ihr war vollkommen schwindelig. Was war los? Sie konnte neben sich eine Gestalt erkennen, die sich über sie beugte.

„Denisa!", hörte sie ihren Namen und kam endlich vollends zu sich. Mia stand im T-Shirt neben ihrem Bett, die Hand immer noch auf Denisas Schulter.

„Ist alles in Ordnung?", fragte sie, doch Denisa konnte nicht antworten. Ihre Glieder waren zittrig, und sie konnte es gar nicht verhindern, dass ihr die Tränen hochstiegen.

‚Oma!', schrie es in ihr. Ihre geliebte Oma in diesen grausamen Flammen! Mia ging zur Tür.

„Ich hole dir etwas zu trinken", sagte sie und ging die Treppe hinunter zur Küche. Denisa war froh, für einen Moment alleine zu sein, denn sie musste dieses Zittern bändigen. Was sollte Mia von ihr denken! Es war wirklich kein schönes Gefühl, die Kontrolle über sich so zu verlieren!

Denisa versuchte, die Tränen zu unterdrücken, aber es wollte nicht gelingen. Auch dann nicht, als sie Mias Schritte auf der Treppe hörte. Die brachte ein Glas Wasser, und Denisa wurde auf einmal bewusst, wie trocken ihre Kehle war. Das kühle Wasser tat gut, und es brachte sie noch ein Stückchen mehr in die Wirklichkeit zurück. Was für ein schrecklicher Traum!

Mia stand nur neben ihrem Bett und beobachtete sie. Das leere Wasserglas nahm sie Denisa ab und stellte es auf die Nachtkommode.

„Geht es wieder?", fragte sie. Denisa nickte und setzte sich im Bett auf.

„Ich habe nur schlecht geträumt", erwiderte sie und wischte sich ungeduldig die Tränen von den Wangen. Wieso konnte sie nicht aufhören zu weinen? Warum flossen die Tränen so unkontrollierbar weiter, ohne dass sie etwas dagegen tun konnte? Mia reichte ihr die Packung Taschentücher, die auf der Kommode lag.

„Es muss ein schlimmer Traum gewesen sein", stellte sie fest. Ihre Stimme wirkte sehr ruhig auf Denisa, freundlich und irgendwie warm.

„Ich habe dich rufen hören", fügte sie hinzu. Also hatte Denisa das ‚Oma' doch nicht nur im Schlaf geschrien. Der Gedanke brachte die Erinnerung an den Traum schlagartig wieder zurück. Und auch das Schluchzen. Mia berührte ihren Arm.

„Was ist denn passiert?", hörte Denisa sie fragen, aber sie konnte nicht antworten. Erst als die erneute Welle des Schluchzens verebbt war, konnte sie überhaupt sprechen.

„Meine Oma ist vorletzte Woche gestorben", presste sie hervor. Mia stand nur da, sie ließ Denisas Arm nicht los. Ihre Hand strahlte Wärme aus.

„Das tut mir leid", sagte sie schließlich, und es klang sehr ehrlich. Nicht so, wie viele der Beileidsbekundungen, die Denisa in den letzten Tagen gehört hatte. Nicht so höflich dahergesagt. Es berührte Denisa tief. Sie schnäuzte sich erneut, während Mia geduldig neben ihrem Bett stand und wartete. Sie war so freundlich. Denisa wollte auf einmal, dass sie blieb. Deshalb rückte sie in ihrem Bett etwas zur Seite und sagte: „Setz dich doch."

Sie war überrascht von ihrem eigenen Vertrauen in diese Frau, die sie erst seit ein paar Stunden kannte. Und noch viel mehr von der Natürlichkeit, mit der Mia sich nur ein paar Zentimeter entfernt von ihr auf das Bett setzte. Sie strahlte so eine Wärme aus, nach der Denisas weinende Seele so sehr verlangte.

„Möchtest du darüber reden?", fragte Mia. Denisa überlegte ein paar Augenblicke. Wollte sie darüber reden? Wollte sie über Omas Tod sprechen, über die Trauerfeier und ihre Verzweiflung? Sie hatte große Angst davor. Angst vor dem Schmerz, der bestimmt wiederkommen würde. Aber Mia strahlte irgendwie so eine Ruhe aus, dass die Worte auf einmal zu fließen begannen.

Denisa erzählte davon, wie sie den ganzen Vormittag erfolglos versucht hatte, ihre Oma anzurufen, obwohl sie das Telefonat vereinbart hatten. Wie sie dann eine Nachbarin gebeten hatte, nachzusehen, ob bei Oma alles in Ordnung war, denn sie selbst hätte zwei Stunden fahren müssen, und so lange hatte sie nicht warten können. Außerdem hätte sie nicht so ohne Weiteres ihre Arbeit verlassen können. Sie erzählte Mia von dem Anruf der Klinik, die sie nüchtern darüber informiert hatte, dass ihre Oma mit einem Schlaganfall eingeliefert worden sei. Kurz darauf hatte die Nachbarin bei ihr angerufen. Denisa hatte diese Telefonate als so furchtbar in Erinnerung.

„Vielleicht hast du geahnt, was passieren würde", sagte Mia. „Manche Menschen spüren so etwas."

Vielleicht war es so gewesen. Die ganze lange Fahrt zur Klinik über hatten Denisas Hände gezittert, und dort angekommen war sie der Schwester mit weichen Knien zu dem Zimmer gefolgt, in dem ihre Oma in einem weiß bezogenen Bett gelegen hatte. Ihr Gesicht fast so weiß wie das Kissen.

‚Sie ist bewusstlos, aber vielleicht kann sie Sie hören', hatte die Schwester gesagt und Denisa einen Stuhl neben das Bett gestellt. Und dann war sie Stunde um Stunde neben ihrer Oma gesessen und hatte ihre Atemzüge beobachtet. Jeden einzelnen. Manchmal unruhig, als würde sie kämpfen, dann wieder ruhig und gleichmäßig.

Dieses ständige Schwanken zwischen Hoffnung und Verzweiflung! Hoffnung darauf, dass Oma einfach die Augen wieder aufschlagen würde und Verzweiflung darüber, dass es einfach nicht passierte. Der Arzt hatte Denisa erklärt, wie stark das Gehirn durch den Schlaganfall geschädigt war, aber sie hatte es nicht hören wollen. Sie hatte fest daran glauben wollen, dass alles wieder gut werden würde. Nach endlosen Stunden des Wachens dann war Denisa spät am Abend zum Haus gefahren, um etwas Schlaf zu finden. Und am anderen Morgen, als sie in die Klinik zurückgekommen war, war ihre Oma tot gewesen.

„Das ist einfach nicht fair!", rief Denisa unter ihren Tränen aus.

„Warum stirbt sie, sobald ich wegfahre?" Mia reichte ihr ein weiteres Taschentuch.

„Ich habe gelesen, dass das oft so ist", antwortete sie. „Die Sterbenden treten ihre Reise oft an, wenn sie alleine sind, weil sie dann keiner mehr festhält." Denisa sah Mia skeptisch an, aber die schien es ernst zu meinen.

„Glaubst du das?", fragte sie dennoch nach. Mia zögerte einen Moment lang mit ihrer Antwort. Sie sah Denisa mit einem Blick an, den diese nicht recht deuten konnte.

„Ich halte es für möglich", sagte sie schließlich, „dass diesen Weg jeder alleine gehen muss."

„Aber ich liebe sie doch!", platzte es aus Denisa heraus. „Warum nimmt Gott sie mir jetzt schon weg?"

Sie spürte Mias Hand auf der ihren, die sie festhielt, eine ganze Weile schweigend. Denisa hatte ein beklommenes, beengtes Gefühl in ihrer Brust. Da war sie wieder, diese wütende und verzweifelte Stimme in ihr, die auch während des Trauergottesdienstes ständig geschrien hatte: ‚Wie kann er es wagen, sie mir wegzunehmen!' Oma war alles gewesen, was Denisa an Familie noch hatte. Wieso nahm Gott ihr auch das noch weg?

„Vielleicht hat deine Oma selbst entschieden, dass sie gehen muss", hörte Denisa Mias Stimme jetzt leise neben sich. „Vielleicht sind es wirklich die Seelen selbst, die entscheiden, wann es Zeit ist, zu gehen."

Konnte das sein? Wie kam Mia darauf? Oma hatte immer davon gesprochen, dass der liebe Gott die Menschen irgendwann zu sich holt. Das konnte sie nicht selber entschieden haben! Sie wusste doch, wie sehr Denisa sie brauchte!

„Aber ich liebe sie doch", wiederholte Denisa leise, und ihre Stimme kam ihr so zittrig vor, dass sie nicht sicher war, ob Mia sie verstehen konnte. Doch auf einmal spürte sie Mias Arm um ihre Schultern, eine unerwartete Geste der Nähe und Innigkeit.

„Das weiß sie doch", sagte Mia ebenso leise. „Sie weiß, dass du sie liebst."

Und nach einer Pause fügte sie hinzu:

„Aber vielleicht weiß sie auch, dass du stark genug bist, um das zu schaffen." Denisa schüttelte den Kopf. Sie fühlte sich ganz und gar nicht stark.

„Ich habe es noch nicht einmal geschafft, die Müllsäcke zum Müllplatz zu bringen."

Sie hatte es einfach nicht gekonnt, wurde ihr auf einmal bewusst. In den Säcken waren ja nicht nur die Blätter, sondern auch die letzten Laken, in denen ihre Oma geschlafen hatte, bevor das Schreckliche seinen Lauf genommen hatte. Sie hatte das Bettzeug nicht im Haus haben wollen. Aber der Gedanke daran, es endgültig wegzuwerfen, tat ihr ungeheuer weh.

„Wir könnten da ja morgen zusammen hinfahren", unterbrach Mia ihre Gedanken. Das war ein nettes Angebot. Vielleicht würde Denisa es dann schaffen können. Wortlos nickte sie.

Lange saßen sie schweigend nebeneinander. Mia nahm ihren Arm nicht weg, und Denisa konnte sie gleichmäßig atmen spüren. Es war irgendwie beruhigend.

Die Bilder des Traumes waren etwas verblasst. Denisa fühlte, wie ihr ganzer Körper angenehm schwer wurde. Das Reden hatte ihr trotz des Schmerzes irgendwie gut getan.

Wer war diese Frau neben ihr und wieso hatten sie sich gestern getroffen? War das irgendwie vorherbestimmt gewesen? Denisa wusste nicht, ob sie daran glauben konnte. Sie wusste nur, dass ihr Mias Nähe guttat auf eine sonderbare und unbekannte Weise.

Irgendwann spürte sie, wie Mia ihren Arm wegzog. Ganz vorsichtig, so als glaubte sie, Denisa wäre einge-nickt.

„Meinst du, du kannst jetzt schlafen?", fragte sie. De-nisa fühlte sich unglaublich erschöpft, daher nickte sie und antwortete: „Ja, ich glaube schon. Danke."

Mia drückte ihre Hand kurz, stand auf und verließ das Zimmer. Diesmal fiel Denisa in einen traumlosen, tie-fen Schlaf. Es war, als hätte sie alle bösen Gedanken zu Ende gedacht. Es war still geworden in ihrem Kopf.

KAPITEL SECHS

Gleich nach dem Frühstück luden die beiden Frauen die Säcke mit den Blättern und dem Bettzeug in das vom Schnee befreite Auto. Nachdem sie noch rasch eine Ladung Wäsche in die Waschmaschine gesteckt hatten, vor allem um Mias Kleidung zu reinigen, fuhren sie zwei Dörfer weiter, wo sich der nächste Müllplatz befand. Sie mussten vorsichtig fahren, denn stellenweise waren die Straßen von Eis und festgefahrenem Schnee bedeckt und richtig glatt. Am Müllplatz angekommen, luden sie die Säcke zusammen ab. Der letzte war der mit dem Bettzeug, und Denisa zögerte einen Moment lang. Sollte sie nicht wenigstens den Teppich behalten, den ihre Oma selbst gemacht hatte? Sie war schon fast dabei, den Sack zu öffnen, als sie Mias Hand auf der ihren spürte.

„Du brauchst die Sachen nicht mehr", sagte die nur. Dann nahm sie mit einem Ruck den Sack hoch und warf ihn in die große Tonne, und Denisa zwang sich, einen Schritt zurück zu treten. Sie wusste, dass es sein musste, dass sie sich von den Sachen trennen musste. Und sie wusste auch, dass Mia Recht hatte: sie brauchte diese schmutzigen Bettsachen nicht. Und doch hatte sie das Gefühl, dass sie sich gerade ein Stück weiter von ihrer Oma entfernt hatte. Wie sollte es sich erst anfühlen, das ganze Haus auszuräumen? Denisa schob den Gedanken rasch beiseite und umklammerte den Autoschlüssel in ihrer Hand fester.

Auf der Rückfahrt über die verschneiten Landstraßen schwiegen sie beide. Der Wind blies ein wenig, aber sonst war die Landschaft um sie herum absolut ruhig und friedlich. Auf einmal kam eine Gruppe Raben angeflogen und begleitete sie eine Weile lang durch die Luft. Denisa verlangsamte den Wagen etwas, denn sie wollte diese Vögel genau sehen. Sie wollte ihre Gegenwart spüren. Als die Raben sich auf einem großen Baum nahe der Straße niederließen, hielt sie den Wagen an und kurbelte das Fenster hinunter. Die frische Luft strich angenehm kühl über ihr Gesicht, und es freute Denisa auf eine fast kindliche Weise, das Rufen der Vögel zu hören. Eine Weile lang konnte sie ihren Blick nicht von ihnen lösen.

„Es sind schöne Tiere", hörte sie auf einmal Mia neben sich sprechen. Denisa war so in den Anblick vor sich vertieft gewesen, dass sie Mia gar nicht mehr richtig wahrgenommen hatte. Jetzt zwang sie sich dazu, sich loszureißen und zu nicken.

„Ja, ich liebe diese Vögel", stimmte sie zu. Und nach einem Moment des Schweigens fügte sie hinzu: „Ich denke manchmal, vielleicht erscheint mir meine Oma in einem von ihnen. Das wäre schön."

Zu Denisas Überraschung nickte Mia und beugte sich hinüber, um die Vögel besser sehen zu können. Dann grinste sie breit.

„Ich weiß auch, welcher von ihnen sie ist", erwiderte sie und deutete nach oben, „der da."

Wollte Mia sich lustig machen über sie? Denisa hatte es ernst gemeint, und Mia wagte es, zu scherzen? Doch als Denisa sich gerade mit einem enttäuschten Blick zu ihr umdrehen wollte, erkannte sie, dass auch Mia es ernst meinte. Mit einem konzentrierten Ausdruck beobachtete die einen bestimmten Raben und deutete abermals auf ihn.

„Siehst du ihn? Er sieht dich die ganze Zeit an", flüsterte sie, als wolle sie diesen magischen Moment nicht zerstören. Und wirklich, das Tier saß ganz ruhig auf einem Ast, während die anderen immer wieder aufgeregt aufflatterten. Es hielt seinen Kopf ganz still, sein Auge schien tatsächlich auf Denisa zu blicken. Konnte das wirklich sein? Das musste ein Zufall sein!

Eine Weile lang blieb der Rabe sitzen. Dann machte er eine Kopfbewegung, so als würde er Denisa zunicken, und schwang sich in die Luft. Die anderen Raben folgten ihm mit lautem Rufen. Denisa ließ ein überraschtes „Wow!" vernehmen.

„Hast du das gesehen?", fragte sie und sah sich zu Mia um, deren Gesicht ebenfalls Erstaunen widerspiegelte. Hatte auch sie gesehen, wie der Vogel ihnen zugenickt hatte? Hatte sie das auch gespürt? Mia lächelte.

„Ja, das war schön", erwiderte sie, und es klang ehrlich.

„Glaubst du wirklich, dass sie es war?", flüsterte Denisa, aber noch im selben Moment kam ihr die Frage blöd vor. Wer war sie denn, ein Kind etwa? Sie glaubte nicht mehr an Geister! Mia jedoch sah sie offen mit ihren grünen Augen an.

„Warum nicht?", entgegnete sie. „Ich glaube fest, dass die Seelen unserer Lieben immer um uns sind. Warum also nicht auch in Tieren?"

Denisa ließ das auf sich wirken. War es möglich, dass ihre Oma überall um sie herum war? In Denisas Gedanken bestimmt, aber was bedeutete das? Sie wollte ihre Oma umarmen, ihren Duft einatmen, ihre Gegenwart deutlich spüren!

„Was mir so fehlt, ist mit ihr sprechen zu können", teilte sie ihre Gedanken mit.

Mia schwieg dazu, aber ihr Blick bedeutete Denisa, dass sie verstand.

Dann starteten sie den Wagen, um in den nächsten Ort zu fahren, denn Denisa wollte dort im Supermarkt noch ein paar Nüsse und Mandeln kaufen, damit sie die Lebkuchen backen konnte. Und sie wollte auch noch weitere Lebensmittel besorgen, deshalb parkte sie in der Ortsmitte, wo rund um den Marktplatz etliche Geschäfte lagen.

„Willst du kurz warten?", fragte sie Mia, auch wenn eine leise Stimme in ihrem Kopf sie davor warnte, eine fremde Frau mit ihrem Auto alleine zu lassen. Aber die wollte ohnehin gerne mit aussteigen, um in dem Schreibwarenladen neben dem Supermarkt nach Zeichenstiften zu schauen. Denisa kannte den kleinen Laden von früher, weil sie dort oft Dinge gekauft hatte, die sie für die Schule gebraucht hatte. Spontan beschloss sie, der Erinnerung wegen, Mia zu begleiten.

„Du zeichnest?", fragte Denisa sie, als sie zusammen den kleinen Laden betraten. Das Glöckchen am Eingang klingelte fröhlich.

„Ja", erwiderte Mia. „Das ist mein Hobby."

Denisa hatte noch nie etwas gezeichnet, geschweige denn gemalt. Außer in ihrer Kindheit natürlich. Aber das schien so lange her zu sein! Sie beobachtete, wie Mia in dem Kasten mit den Zeichenstiften kramte, den ihr die Verkäuferin hingestellt hatte, als suche sie etwas Bestimmtes. Daneben lagen auf dem Tresen blecherne Kästen mit Buntstiften. Auf einem Etikett stand, dass die Farben mit Wasser vermalbar waren.

„Das sind tolle Stifte", sagte die Verkäuferin, die Denisas Interesse bemerkt haben musste.

„Die lassen sich vermalen wie Aquarellfarben." Sie zeigte auf ein paar Beispielbilder in einer Broschüre, die wirklich schön aussahen. Diese Farben sprachen Denisa ungemein an. Sie spürte auf einmal ein großes Verlangen in sich nach lebhaftem Bunt. Obwohl sie keine Erfahrung hatte, reizte es sie sehr, einen Stift in die Hand zu nehmen und drauflos zu malen.

Zu den Stiften empfahl die Verkäuferin ihr einen Aquarellblock und einen Pinsel. Denisa wollte gerade bezahlen, als sie plötzlich Mias Stimme von der anderen Seite des kleinen Ladens hörte: „Schau mal."

Sie hielt ein kleines Buch in der Hand, das innen nur leere Seiten hatte. Auf dem Cover des Buches war, eingerahmt von schönen Ornamenten, ein Rabe abgebildet. Den Kopf hatte er zur Seite geneigt und schien den Betrachter anzusehen.

„Du hast doch gesagt, du würdest so gerne mit ihr sprechen", meinte Mia.

„Vielleicht hilft es dir ja, ihr zu schreiben?"

Denisa nahm das Buch in die Hand. Es war schwer und gefüllt mit dickem, weißem Papier. Es gefiel ihr, und auch Mias Idee gefiel ihr. In ihrer Jugend hatte sie ab und zu Tagebuch geschrieben. Vielleicht würde es ihr wirklich helfen, ihre Gedanken aufzuschreiben.

„Danke, Mia", sagte sie, schenkte ihr ein Lächeln und nahm das Buch mit zur Kasse. „Das ist eine schöne Idee."

Sie bezahlten beide getrennt. Mia hatte sich zwei Zeichenstifte und einen Block in DIN A5 ausgesucht. Die Sachen waren nicht billig, und kurz wunderte Denisa sich, dass Mia so viel Geld ausgab, sah sie doch sonst nicht so aus, als ob sie viel hätte. Aber Denisa beschloss, die junge Frau nicht darauf anzusprechen. Streng genommen ging es sie ja nichts an, was Mia mit ihrem Geld machte.

Im Supermarkt besorgte Denisa noch rasch die nötigen Lebensmittel, und dann fuhren sie zum Haus zurück. Es war Mittag, die Sonne stand schon wieder tief. Die Wäsche war fertig gewaschen, zusammen hängten sie die Teile im Keller zum Trocknen auf. Mia trug nach wie vor den Jogginganzug, da ihre Kleider frühestens morgen trocken sein würden.

Im Wohnzimmer wollte Denisa dann ein Feuer im Kamin anzünden, jedoch musste sie feststellen, dass das Holz nicht mehr dafür reichen würde. Sie stöhnte bei dem Gedanken daran, in den Garten gehen zu müssen, um welches zu hacken. Sonst hatte das immer der Nachbar für ihre Oma erledigt, aber den konnte sie jetzt nicht fragen. Oder besser, sie wollte es nicht.

Mit einem knappen „Ich gehe kurz Holz hacken" wollte sie gerade in den Garten gehen und die unliebsame Arbeit erledigen, als Mia sie zurück hielt.

„Das kann ich doch machen", sagte sie, „dann kann ich mich wenigstens ein bisschen revanchieren."

Sie lächelte ihr fröhliches Lächeln und ließ sich von Denisa zeigen, wo sich das Holz und die Axt befanden. Denisa war ihr dankbar dafür. Sie hatte sich jetzt echt nicht stark genug gefühlt für diese anstrengende Arbeit. Während Mia im Garten das Holz hackte, ging Denisa in die Küche, um sich den Lebkuchen zu widmen. Das Rezept war einfacher, als sie es erwartet hatte, und so war der Teig schnell hergestellt. Wunderbar dufteten die Gewürze auch jetzt schon, wo sie noch gar nicht gebacken waren. Nachdem Denisa das erste Backblech in den Ofen geschoben hatte, ging sie ins Wohnzimmer, um nach Mia zu schauen.

Durch das Fenster konnte sie die junge Frau sehen. Den Anorak hatte sie ausgezogen, die Ärmel des Jogginganzuges hochgekrempelt. Ihre Haare hingen ihr wirr ins Gesicht. Sie schien ihre Mühe mit dem Holz zu haben, denn sie atmete schwer. Doch dann erkannte Denisa, dass schon eine ganze Menge Scheite fertig auf dem Boden lagen, und dass Mia die Axt sehr gekonnt ansetzte, um das nächste Stück Holz zu zerteilen. Ihre Arme sahen muskulös aus, der Sportanzug saß straff an ihren Unterarmen. Denisa ging zur Terrassentür und öffnete sie.

„Wow, da warst du ja fleißig!", rief sie aus, als sie sah, wie groß der Haufen fertiger Scheite wirklich war. Mia ließ die Axt sinken und wischte sich mit dem Handrücken die Haare aus dem Gesicht. Dann sah sie auf ihr Werk und stimmte Denisa zu, indem sie sagte: „Ja, ich denke, das reicht."

Sie stellte die Axt zurück in den Gartenschrank, und gemeinsam brachten sie einige Holzscheite ins Wohnzimmer zu dem Korb neben dem Kamin. Den Rest stapelten sie auf der Terrasse unter dem Dach und deckten alles mit einer Plane zu. Denisa war Mia so nahe, sie konnte ihren Geruch wahrnehmen. Und das fand sie nicht unangenehm.

Nach getaner Arbeit gingen die beiden ins Haus zurück, den Kater Moritz an ihrer Seite. Denisa eilte in die Küche, wo die Lebkuchen im Ofen lecker dufteten, aber auch schon gefährlich braun wurden, und sie beeilte sich, das Blech herauszunehmen und die zweite Ladung hineinzuschieben. Mia ging derweil ins Badezimmer, um sich zu waschen.

Als sie wieder nach unten kam, trug sie nur ihr T-Shirt. Es war eng, ihre Brüste zeichneten sich deutlich darunter ab. Nun konnte Denisa sehen, dass sie auch am rechten Oberarm ein Tattoo hatte. Es zeigte eine Schlange, die sich um einen Baum wand, wie die Schlange, die Eva im Paradies verführt hatte. Denisas Oma wäre entsetzt darüber, so etwas auf dem Arm einer jungen Frau zu sehen, das wusste Denisa. Aber ihr selbst gefiel das Bild irgendwie.

„Hm, das riecht ja lecker!" rief Mia und kam in die Küche.

„Naja, etwas verbrannt", erwiderte Denisa und versuchte mit den Fingerspitzen, einen der sehr braun gewordenen noch heißen Lebkuchen umzudrehen, zuckte jedoch mit einem Ausruf des Schreckens zurück, als sie sich daran verbrannte. Mia winkte ab.

„Ach was! Die sind nur gut durch." Und ohne vorher zu fragen, schnappte sie einen der noch heißen Lebkuchen, blies ein paarmal darauf und biss dann beherzt hinein. Es war einfach unglaublich, wie sie Denisa immer wieder überraschte! Sie war frech, aber auf eine so erquickende Weise, dass Denisa ihr nicht böse sein konnte.

Nachdem sie alle Lebkuchen fertig gebacken und dabei pausenlos genascht hatten, setzten sie sich ins Wohnzimmer. Ein Mittagessen brauchten sie jetzt wirklich nicht mehr. Das Feuer strahlte eine angenehme Wärme aus, und der Duft vom Backen vermengte sich mit dem Geruch von verbranntem Holz. Denisa holte den Block, die Stifte und das Büchlein aus ihrer Tasche und legte alles auf den Tisch. Die Stifte reizten sie nach wie vor sehr, und sie wollte gerne irgendetwas damit malen. Aber was?

Mia hatte sich bereits auf das Sofa gesetzt ganz nahe neben Moritz, der sich nach seiner ausgiebigen Katzenwäsche zusammengerollt hatte. Denisa warf ihm einen verwunderten Blick zu, denn sonst war er eher scheu gegenüber Fremden. Aber von Mia ließ er sich sogar hinter den Ohren kraulen und schnurrte leise vor sich hin. Draußen war es jetzt eisig kalt. Als Denisa die Vorhänge zuzog, sah sie, dass es schon wieder zu schneien begonnen hatte. Gut, dass sie den Einkauf heute erledigt hatte!

Mia hatte ihren Block auf den angezogenen Knien liegen und zeichnete. Hin und wieder radierte sie oder probierte einen anderen Stift aus ihrem kleinen Mäppchen aus. Diese ruhigen Bewegungen inspirierten Denisa zusätzlich zu den bunten Stiften. Sie wollte auch etwas malen! Eine Weile überlegte sie und dann begann sie, mit vorsichtigen Strichen eine Krippenszene zu skizzieren. Sie malte die Hütte am Rand einer Stadt, in deren offener Tür Maria und Josef mit dem Kind zu sehen waren. Einen Esel setzte sie vor den Stall. Die Bleistiftskizze war gar nicht mal so schlecht, aber es zeigte sich, dass es gar nicht so einfach war, dem Ganzen Farbe zu verleihen! Besonders die Gesichter der Personen wurden durch die Malstifte schnell unkenntlich. Sie musste ein etwas enttäuschtes Geräusch gemacht haben, denn Mia ließ ihren Block sinken und lehnte sich zu ihr herüber. „Das wird schon", sagte sie mit einem Blick auf Denisas Bild.

„Wenn die Farben vermalt werden, sehen sie bestimmt eh ganz anders aus." Einen Moment lang betrachtete sie das Bild und wie Denisa malte. Gerade, als die Heiligenscheine um die Köpfe der Familie entstanden, wandte sie sich wieder ihrem eigenen Bild zu.

„Die heilige Nacht…", murmelte Mia gedankenverloren. „Du glaubst da wohl wirklich dran, oder?"

Denisa hob überrascht den Blick. Was war denn das für eine Frage! Natürlich glaubte sie an Jesus und an Weihnachten! Sie war so erzogen worden und mit diesen ganzen Geschichten aus der Bibel aufgewachsen. Auch wenn ihr die Predigten in der Kirche meist nicht viel gaben, so hatte sie sich auch nie genug mit der Bibel beschäftigt, um sie in Frage zu stellen.

„Glaubst du denn nicht an Jesus?", erwiderte sie. Mia zögerte mit ihrer Antwort, und es schien, als suche sie nach den richtigen Worten.

„Was heißt an Jesus glauben?", sagte sie schließlich und fügte hinzu: „Ich glaube, dass er gelebt hat und dass er ein herausragender Mann war."

Sie machte erneut eine Pause. Denisa lehnte sich auf dem Sofa zurück und betrachtete ihren Gast nicht ohne Erstaunen. Mia wirkte so jung, fast jugendlich noch. War sie nicht zu jung, um sich schon so viel mit diesem Thema beschäftigt zu haben? Natürlich kamen auch Denisa manchmal Zweifel an der kirchlichen Lehre, wenn sie die hohlen Worte in den Gottesdiensten hörte. Aber sie hatte sich noch nie ernsthaft damit auseinandergesetzt.

„Ich glaube halt nicht an diese Geschichte mit der Auferstehung", fuhr Mia nun fort, Denisas Blick erwidernd. Ihre Hand mit dem Stift ruhte auf dem Papier.

„Und ich finde sie auch gar nicht wichtig. Viel wichtiger finde ich, was Jesus gelehrt hat. Also über Nächstenliebe und Verzeihen und so." Sie schüttelte leicht den Kopf.

„Die Kirche versteift sich viel zu sehr darauf, dass er angeblich auferstanden ist und dass er von einer Jungfrau geboren wurde. Das ist doch eher unwichtig!"

Denisa ließ diese Worte erst einmal auf sich wirken, ohne direkt darauf zu reagieren. Ihr Blick wanderte zu ihrem Bild auf dem Tisch, auf dem nun alle Figuren der Weihnachtsgeschichte versammelt waren. Maria, Josef und das Jesuskind. Diverse Tiere, Hirten und ganz am Rand die Heiligen Drei Könige. Natürlich war das nur eine Geschichte für sie, und Denisa hatte sich nie gefragt, ob sie tatsächlich stattgefunden hatte. Warum auch? Weihnachten würde es so oder so immer geben in ihrem Leben, ganz egal, ob Jesus wirklich geboren worden war oder nicht. Alleine wegen der Tradition und der Erinnerung an ihre Kindheit. Hatte Mia etwa keine schönen Kindheitserinnerungen an dieses Fest?

„Feierst du denn gar nicht Weihnachten? Also, mit deiner Familie, meine ich?", durchbrach Denisa schließlich die entstandene Stille zwischen ihnen.

Mia antwortete nicht. Sie sah Denisa einen Moment lang an, dann hob sie ihren Block und fuhr mit dem Zeichnen fort. Warum zögerte sie?

Denisa traute sich nicht zu fragen, denn es war offensichtlich, dass Mia das Thema naheging, so wie sie sich verhielt. Und deshalb widmete sich auch Denisa wieder ihrem Bild, ohne auf einer Antwort zu bestehen. Wenn Mia es wollte, würde sie schon von sich aus zu erzählen beginnen, dachte Denisa. Zugleich spürte sie aber auch, wie Mias Schweigen sie etwas wütend machte. Mia schien bereits so viel von ihr selbst zu wissen. Sie hatte an Denisas emotionalen Tiefpunkten teilgehabt. Doch selber gab sie nur wenig von sich preis. Denisa fühlte sich bei dem Gedanken daran wie entblößt. Gerade als sie überlegte, ob sie etwas dazu sagen sollte, räusperte Mia sich leise.

„Weißt du, meine Eltern haben ein Problem damit, wie ich mein Leben lebe", sagte sie endlich. „Sie hätten es gerne, dass ich heirate und Kinder kriege..."

Mia sprach nicht weiter, aber Denisa konnte erahnen, dass sie diesem Wunsch ihrer Eltern wohl nicht entsprechen wollte. Sie konnte sich Mia auch wirklich nicht als brave Hausfrau und Mutter vorstellen. Dafür war sie viel zu quirlig. Dennoch stimmte es Denisa traurig zu hören, dass Mia deswegen wohl Probleme mit ihren Eltern hatte. So etwas war doch viel zu banal, als dass es die Liebe zwischen Eltern und ihren Kindern beeinträchtigen durfte! Denisa selbst würde alles dafür geben, um mit ihren Eltern sprechen zu können...

Denisa warf einen langen Blick auf Mia, entschied sich dann aber dafür, nichts zu sagen.

Daher saßen sie eine Zeitlang schweigend nebeneinander, jede für sich mit ihrem Bild und ihren Gedanken beschäftigt. Vorsichtig begann Denisa, die Farben ihres Bildes mit dem feuchten Pinsel zu vermalen. Durch das Wasser lösten sich die genauen Linien der Hütte, der Figuren und der Tiere und fügten sich ineinander. Das gefiel Denisa, denn es ließ das Bild weich wirken und sanft.

‚Vielleicht ist es auch so mit der Wahrheit', dachte sie, während sie immer wieder den Pinsel ins Wasser tauchte.

‚Vielleicht hat auch die Wahrheit nicht immer so scharfe Grenzen, wie wir glauben. Vielleicht gibt es auch mehrere Wahrheiten, die ineinander übergehen.' Der Gedanke gefiel ihr irgendwie. Vielleicht konnten ja beide, ihre Oma und Mia, Recht haben mit ihren Ansichten über Jesus. Beide zur gleichen Zeit.

Als Denisa die Linien fertig vermalt hatte, legte sie den Pinsel zur Seite und schaute zu Mia hinüber. Die hatte ihren Stift ebenfalls beiseitegelegt und betrachtete still ihr Werk.

„Ich denke, ich werde Weihnachten hier feiern", sagte Denisa unvermittelt. „Ich will ein letztes Mal in diesem Haus feiern."

Mia sah sie nur an und nickte, ohne etwas zu erwidern. Denisa richtete sich etwas auf, aber der Kloß, den sie plötzlich im Hals hatte, verschwand nicht. Sollte sie Mia fragen?

„Ich muss das Haus ausräumen", fuhr sie fort, und es tat so weh, das auszusprechen! Aber es war die Wahrheit, und sie konnte sich nicht mehr länger davor verstecken. Die Fahrt zum Müllplatz an diesem Morgen war der Anfang gewesen. Ohne Mia hätte sie ihn wahrscheinlich nicht geschafft…

„Ich fände es schön, wenn du noch ein paar Tage bleiben möchtest", sprach sie endlich aus, was ihr durch den Kopf ging, und es war die reine Wahrheit. Mia sah sie erst etwas überrascht an, ihren Mund leicht geöffnet, doch dann lächelte sie.

„Danke, Denisa, ich bleibe gerne noch", antwortete sie schlicht. Und dann trennte sie mit einem Ruck das Blatt von ihrem Block und legte es vor Denisa auf den Tisch.

„Für dich", mehr sagte sie nicht dazu. Die Zeichnung zeigte Denisa von der Seite, die langen Haare über die Schultern fallend, wie sie sich über etwas beugte. Mia hatte sie beim Malen porträtiert!

KAPITEL SIEBEN

Die eisige Kälte hatte über Nacht eine dicke Schicht Schnee auf alles gelegt. Es war weiß, soweit das Auge reichte. Der Horizont verschwamm regelrecht im Weiß des Himmels und dem der Felder. Eine ganze Weile stand Denisa im Nachthemd am Fenster und betrachtete diese eindrucksvoll friedliche Landschaft. Sie hatte gut geschlafen. Seit langem mal wieder, so schien es ihr, fühlte sie sich richtig ausgeruht. Schlaf war doch heilsam auf eine ganz besondere Weise. Andererseits, durchfuhr es sie, konnte er auch tödlich sein. Oder er konnte in den Tod führen, wie es bei ihrer Oma geschehen war…

Hatte sie es kommen spüren? Hatte sie gefühlt, dass es das letzte Mal sein würde, dass sie sich ins Bett legen und einschlafen würde? Denisa hatte sich diese Fragen schon gestellt, als ihre Oma noch in der Klinik gelegen hatte. Wie fühlte es sich an, zwei Schlaganfälle im Schlaf zu haben? Die Ärzte hatten ihr darauf keine Antwort geben können. Auch nicht darauf, ob Oma Schmerzen gehabt hatte, als es passiert war. Zur Sicherheit hatten sie ihr in der Klinik die ganze Zeit über starke Schmerzmittel gegeben. Denisa hoffte, dass sie gut gewirkt hatten. Sie hoffte so sehr, dass ihre Oma wenigstens ohne Schmerzen hatte sterben können.

Ein Geräusch hinter ihr brachte Denisa dazu, sich umzusehen. Mia stand im Gang vor ihrem Zimmer mit verschlafen aussehendem Gesicht. Sie gähnte, als sie neben Denisa trat und nuschelte: „Guten Morgen."

Noch immer trug sie ihr T-Shirt von gestern Abend. Sie sah ebenfalls aus dem Fenster, und beim Anblick des vielen Schnees ließ sie ein erstauntes „Wow!" vernehmen. Offensichtlich hatte sie die Gardinen in Omas Zimmer noch nicht zurückgezogen.

„Das ist ja superschön!", rief sie und schien mit einem Mal hellwach zu sein.

„Komm', Denisa, ich weiß, was wir jetzt machen!" Denisa spürte, wie Mia ihre Hand ergriff und sie hinter sich herzog, die Treppe hinunter und ins Wohnzimmer. Dort öffnete sie die Terrassentür, streifte kurzerhand ihr T-Shirt über den Kopf, ließ es auf den Boden fallen und rannte barfuß und nur mit ihrem Slip bekleidet in den Schnee. Was machte sie da? Es war eisig kalt! Hatte sie komplett den Verstand verloren? Ausgelassen lief die junge Frau umher und warf den Schnee mit den Händen in die Luft.

„Komm, Denisa!", rief sie und winkte heftig mit den Händen. So absurd es Denisa erschien, so sehr fühlte sie sich auch ergriffen von dem Anblick, der sich ihr bot. Mia sprühte so vor Lebensfreude, es war irgendwie ansteckend. Noch zögerlich zog Denisa das Nachthemd aus und ließ es zu Boden fallen. Was konnte schon passieren? Die nächsten Nachbarn wohnten außer Sichtweite, und die Straße verlief auf der anderen Seite des Hauses. Es konnte also niemand sehen, was sie im Garten machte.

„Nun mach' schon! Das ist das pure Leben!", hörte sie erneut Mias Stimme. „Lauf einfach los!"

Und das tat Denisa dann. Mit einem kleinen Schrei lief sie barfuß hinaus in den Garten, hinein in die dicke Schneedecke. Verdammt! War das kalt! Doch ehe sie darüber nachdenken konnte, spürte sie einen kalten Schneeball auf ihren nackten Rücken klatschen. Das konnte doch nicht wahr sein! Diese Frau war so verrückt! Denisa wollte sich gerade empört umdrehen zu Mia, als diese schon den nächsten Schneeball warf.

„Komm, beweg' dich!", rief Mia und drehte sich ausgelassen hüpfend im Kreis.

„Dann wird dir warm!"

Sie bot einen so ulkigen Anblick, dass Denisa laut lachen musste. Wie losgelöst von allen Ängsten und Sorgen fühlte sie sich auf einmal. Sie spürte ihre Füße nicht mehr von der Kälte, ja, es war ihr, als würde sie auf Wolken schweben, während sie begann, sich im Kreis zu drehen, immer weiter, immer schneller. Den Blick hatte sie nun zum Himmel gerichtet, die Äste der Bäume über ihr kreisten in ihren Augen. Der Schwindel, die Kälte und die monotone Bewegung versetzten sie in eine fast euphorische Stimmung. Ihr war, als könne sie sich ewig so weiterdrehen. Immer weiter, immer schneller...

Irgendwann jedoch verlor sie das Gleichgewicht, stolperte und fiel mit ihrem ganzen nackten Körper in den Schnee. Alles drehte sich in ihr, und einen Moment lang nahm sie die Kälte des Schnees gar nicht wahr. Aus dem Augenwinkel sah sie, wie Mia sich neben sie fallen ließ. Sie atmete hastig und stieß dabei lauter kleine Wolken in die eisige Luft. Es dauerte jedoch nicht lange, bis die Kälte auf ihren Körpern zu schmerzen begann. Denisa konnte sich dennoch nicht rühren, sie fühlte sich wie betäubt. Deshalb war sie froh, dass Mia aufstand und sie an den Händen hochzog. Einen kurzen Moment lang standen die beiden Frauen einander gegenüber. Mia atmete noch immer schnell, und Denisa nahm wahr, wie ihre großen Brüste sich mit jedem Atemzug hoben und senkten. Ihre Brustwarzen waren tiefdunkel und fest. Auf einmal hob Mia die Hand und strich Denisa die zerzausten Haare aus dem Gesicht.

„Komm, lass uns reingehen", sagte sie leise.

An der Terrassentür saß Moritz und leckte sich die Pfote. Er schien sich gar nicht zu wundern über das seltsame Schauspiel, das sich ihm gerade geboten hatte. Liebevoll blinzelte er die beiden Frauen an und lief dann mit erhobenem Schwanz voraus in die Küche, wo er sein

Frühstück erwartete. Denisa füllte ihm rasch sein Schälchen auf. Dann folgte sie Mia, die bereits nach oben zum Badezimmer gegangen war. Jetzt, wo der Adrenalinrausch nachzulassen schien, begann Denisa unglaublich zu frieren. Oben hatte Mia bereits das Wasser aufgedreht, das dampfend in die Badewanne lief.

Denisa war verwundert über die Natürlichkeit, mit der sich Mia so unbekleidet vor ihr bewegte. Sie selbst spürte schon ein leichtes Schamgefühl, als Mias Blick sie traf. Im Schwimmbad oder beim Sport machte es ihr nichts aus, sich vor anderen Frauen umzuziehen. Aber das hier war irgendwie anders. Mia war anders.

Der Blick, den sie ihr jetzt zuwarf, er war voller Magie, und es durchfuhr Denisa wie ein kleiner Blitz, als sie Mias Hand auf ihrem Arm spürte, die sie langsam in die heiße Wanne führte. In ihrem Bauch kribbelte es, sie fühlte sich etwas flau und schwindelig. Und so ließ sie es geschehen, dass Mia sich ihr gegenüber in das heiße Wasser setzte. Sie ließ es zu, dass Mia das Duschgel von der Ablage nahm und mit kreisenden Bewegungen anfing, Denisas Schultern, ihren Hals und ihre Arme einzuseifen. Trotz des heißen Wassers lösten diese sanften Berührungen eine Gänsehaut aus. Mias Hände waren geschmeidig, und sie lösten ein Wohlgefühl aus, das Denisa lange vermisst hatte. Wie konnte das sein? Was passierte da mit ihr? Sie war doch bis jetzt immer nur mit Männern zusammen gewesen. Warum löste Mia diese Gefühle in ihr aus? Durfte das sein?

Die warmen Hände auf ihrem Körper waren sanft und doch kräftig. In kreisenden Bewegungen näherten sie sich Denisas Brüsten, streiften sie kurz, wanderten über die Schlüsselbeine und wieder über ihren Busen, diesmal etwas fester. Mias grüne Augen waren auf ihr Gesicht gerichtet, sie beobachtete genau jede ihrer Regungen. Bemerkte sie, wie schwer es Denisa fiel, ruhig zu atmen und dass sich in ihrem Kopf alles drehte?

Was machte Mia mit ihr? Denisa fühlte sich zutiefst verwirrt. Mit einer leichten Handbewegung brachte sie ihr Gegenüber dazu, inne zu halten.

„Mia", fing sie an und hoffte, dass ihre Stimme nicht zitterte, „ich bin nicht lesbisch."

Mia sah sie einen Moment lang nur an. Und dann war auf einmal ihr Mund ganz nahe bei Denisas Gesicht, auf ihren Wangen, auf ihrem Mund. Weiche, heiße Lippen. Der Kuss war nur kurz, aber er hinterließ Denisa atemlos. Was machte diese Frau da? Sie musste doch gehört haben, was Denisa eben gesagt hatte! Sie musste das klarstellen, sie musste Mia sagen, dass das nicht ging! Doch als Denisa den Mund öffnen wollte, legte Mia ihr den Finger auf die Lippen.

„Schsch…", machte sie und sah Denisa direkt in die Augen, „schränk' dich selber nicht so ein. Du bist viel mehr, als du denkst."

Und mit leiser Stimme direkt an Denisas Ohr fügte sie hinzu: „Und du bist wunderschön."

Der zweite Kuss war länger und um einiges inniger. Denisa ließ ihn zu. Sie wehrte sich nicht mehr dagegen. Ja, es war schön, Mia so nahe zu spüren, und so ließ sie es auch zu, sich weiter einseifen zu lassen von Kopf bis Fuß. Sie ließ sich von Mia führen auf diesem Pfad, der ihr so unbekannt war, und als Mia sie beide abgeduscht hatte, da ließ Denisa sich von ihr in das Schlafzimmer führen, splitternackt und nass, wie sie waren. Vor dem Bett standen sie einen Moment lang einander gegenüber. Mia war ein kleines Stück größer als Denisa. Ihre Schultern waren breit, unter der nassen Haut konnte Denisa ihre Armmuskeln sehen. Sie hob langsam die Hand und berührte Mia an der Schulter. Die Haut war glatt und kühl vom verdunstenden Wasser. Denisa strich mit den Fingerspitzen über Mias Schlüsselbein, über ihren Arm hin zu ihrem Busen. Sie dachte nichts, ihr Kopf war leer, und sie spürte keine Kälte, obwohl sie fror. Sie nahm nur diese Frau wahr, wie sie vor ihr stand, fühlte die Glätte ihrer Haut unter ihren Fingerspitzen, die weichen Rundungen ihrer schönen Brüste. Es war schön, sie zu berühren, immer wieder. Mia drückte sie auf das Bett hinunter und begann, ihren ganzen Körper zu küssen. Ein Schauer nach dem anderen überkam Denisa, als sie Mias Lippen und ihre Zunge auf ihrem Gesicht spürte, auf ihrem Hals, auf ihren Brüsten, auf ihrem Bauch…

Sie hörte Mia keuchend atmen. Das Geräusch löste bei ihr eine Gänsehaut aus, und auf einmal war Mia zwischen ihren Beinen. Denisa spürte ihre Finger ganz tief in sich drin, und sie spürte ihre Zunge, die sie von außen liebkoste, so intensiv, dass sie laut stöhnen musste. Die Gefühle kamen schließlich aus dem Nichts mit einer solchen Kraft über sie, dass sie jegliche Kontrolle über sich verlor, und in ihrem ganzen Körper explodierte ein Feuerwerk, wie sie es noch nie erlebt hatte. Das pure Leben…

Es dauerte ein paar Augenblicke, bevor Denisa die Augen öffnen konnte. Noch immer rang sie nach Luft, während ihr ganzer Körper vibrierte. Mias Kopf lag auf ihrem Bauch. Sie bewegte sich nicht, sie schien versunken in Denisas Lebendigkeit. Irgendwann jedoch richtete sie sich auf, sah zu Denisa hoch, kroch nach oben zu ihrem Gesicht, küsste ihre Lippen.

„Das war schön", flüsterte sie Denisa ins Ohr. „Du bist wunderschön."

Dann legte sie sich neben Denisa und zog vorsichtig die Decke über sie beide. Denisa wusste nicht, was sie sagen sollte. Sie fühlte sich noch immer ganz weggetreten, wie losgelöst von sich selbst. Was war passiert? Was war da eben passiert mit ihr?

Noch nie zuvor hatte sie einen solchen Höhepunkt erlebt, mit keinem Mann. Nicht einmal mit David, und ihn hatte sie wirklich geliebt in den vier Jahren, die sie

71

mit ihm zusammen gewesen war. Aber das eben war eine ganz neue Erfahrung für Denisa gewesen. Nie zuvor waren die Gefühle so über sie gekommen. Sie fühlte, wie Mias schöner Körper sich eng an sie schmiegte. Ihre Hand lag auf Denisas Bauch und streichelte ihn hin und wieder sanft. Dieses Gefühl vereinigte sich mit dem unaufhörlichen Pulsieren zwischen ihren Beinen, und sie ließ sich von seinen Wellen in eine wohltuende Müdigkeit tragen.

„Danke", flüsterte sie in die Stille. „Danke, Mia."

Mia antwortete nicht, aber der sanfte Druck ihrer Hand auf Denisas Bauch bedeutete ihr, dass sie verstanden hatte. Es bedurfte keiner Worte mehr.

Vor zwei Tagen erst hatten sie sich kennengelernt. Sie kannten sich so gut wie nicht, und doch fühlte Denisa sich auf magische Weise von Mias Wesen berührt.

‚Vielleicht hat Gott mir ja doch einen Engel geschickt', dachte sie noch, bevor sie in einen wohligen Schlaf hinüberglitt.

KAPITEL ACHT

Ein schrilles Geräusch ließ Denisa hochschrecken. Was war das gewesen? Hatte sie geträumt? Mia bewegte sich neben ihr, sie hob den Kopf und blinzelte Denisa verschlafen an. Auch sie hatte also etwas gehört. Das Geräusch ertönte erneut, und diesmal erkannte Denisa, dass es sich um die Türklingel handelte. Wer konnte das jetzt sein?

Widerwillig zog Denisa sich ein herumliegendes T-Shirt und eine Hose über und taumelte die Treppe hinunter. Vor der Tür stand ein Mann, den sie noch nie gesehen hatte. Er war ungefähr Mitte vierzig mit leicht ergrauten Haaren und trug ein teures Jackett über einer dunklen Jeans.

„Guten Tag", sagte er, beugte sich vor und hielt ihr die Hand hin, „ist das das Haus von Frau Sievert?" Denisa nickte nur irritiert. Woher kannte dieser Mann ihre Oma und was wollte er hier? Die Erklärung ließ nicht lange auf sich warten:

„Ich habe gehört, dass es bald zum Verkauf steht, und da wollte ich Ihnen meine Dienste anbieten. Ich bin Makler, und Frau Rheinhard meinte, Sie könnten Hilfe gebrauchen?"

Denisa war so überrumpelt, dass sie nicht antworten konnte. Sie fühlte sich, als hätte ihr der Mann mit voller Wucht in den Magen geschlagen, sodass sie Mühe hatte, zu atmen. Unwillkürlich griff sie nach der Tür und trat einen Schritt zurück.

„Sie sind doch Denisa?", hakte ihr Gegenüber nach, aber noch immer schaffte Denisa es nicht, etwas zu sagen. Wieso hatte Frau Rheinhard herumerzählt, dass das Haus verkauft werden sollte? Dazu hatte sie kein

73

Recht! So etwas durfte sie nicht sagen! Denisa wollte nichts davon wissen!

Als der Mann vor ihr Anstalten machte, einen Schritt näher zu kommen, da erwachte sie endlich aus ihrer Starre und schüttelte energisch den Kopf.

„Ich brauche keine Hilfe", presste sie hervor und schloss die Tür ziemlich unsanft ohne ein weiteres Wort. Erst jetzt bemerkte sie, dass Mia hinter ihr stand. Sie trug nur die Jacke des Jogginganzuges.

„Das war nicht sehr klug, Denisa", sagte sie. „Du hast doch selbst gesagt, dass du das Haus verkaufen musst."

Denisa starrte Mia einen Moment lang einfach nur an. Wie konnte sie so etwas sagen? Was ging sie das überhaupt an! Der stechende Schmerz in Denisas Brust wurde auf einmal übermächtig, und bevor sie genau wusste, was sie tat, hatte sie Mia beiseite gestoßen und lief die Treppe hinauf in ihr Zimmer, wo sie die Tür hinter sich abschloss.

Sie wollte alleine sein! Alleine mit ihrem Schmerz und ihren Tränen. Niemand konnte verstehen, wie weh ihr das tat! Niemand konnte verstehen, wie viel dieses Haus ihr bedeutete, in dem sie seit ihrer Kindheit mit ihrer Oma gelebt hatte. Anfangs auch mit ihrem Opa, aber der war schon früh gestorben. In Denisas Erinnerung hatte es immer nur Oma und sie gegeben, denn als ihre Mutter den tödlichen Unfall gehabt hatte, war sie zu jung gewesen, um sich noch wirklich an sie erinnern zu können.

‚Warum habt ihr mich alle alleine gelassen?', schrie es in ihr, während die Tränen unaufhaltsam über ihr Gesicht rannen. Wie sollte sie leben, so ganz alleine? Denisa sank mit einem lauten Schluchzer zu Boden, umschlang ihren Oberkörper mit ihren Armen und wiegte sich selbst wie ein kleines Kind.

‚Du fehlst mir so, Oma, du fehlst mir so…'

Wie lange sie dort am Boden gesessen hatte, wusste Denisa später nicht mehr. Ihr Kopf schmerzte, als die Tränen langsam versiegten, und es dauerte eine Weile, bis sie es schaffte, aufzustehen. Im Spiegel sah sie ihr verquollenes Gesicht. Das T-Shirt hatte sie nass geschwitzt, weshalb Denisa es auszog und auf den Boden warf. Als sie dann erneut am Spiegel vorbeiging, fiel ihr Blick auf ihren nackten Oberkörper, und unwillkürlich blieb sie stehen und betrachtete ihren Busen. Sie strich mit einer Hand über seine Rundungen, über ihre glatte Haut, die Konturen ihres Halses. Du bist wunderschön…

War das vorhin mit Mia wirklich passiert? Es kam ihr eher wie ein Traum vor. Ein schöner Traum zwar, aber surreal. Was hatte Mia an sich, dass Denisa sich bei ihr so hatte fallen lassen? Und wo war sie jetzt? Sie hatte nicht versucht, in Denisas Zimmer zu kommen. Nahm sie es übel, dass sie sie beiseite gestoßen hatte? Das war nicht fair gewesen von Denisa, das wurde ihr jetzt selbst klar. Aber Mias Worte eben hatten sie so geärgert…

Denisa zog sich frische Kleider an und öffnete vorsichtig die Tür ihres Zimmers. Es war nichts zu hören, nur die Treppe knarzte leise unter ihren Füßen. Mia saß im Wohnzimmer auf dem Sofa, und sie trug noch immer nur die Joggingjacke. Untenherum hatte sie sich in eine Decke gewickelt. Sie sagte nichts, beobachtete nur, wie Denisa sich neben sie auf das Sofa setzte. Ihr Blick hatte fast etwas Forderndes, so empfand Denisa ihn.

Sollte sie sich entschuldigen? Womöglich wäre das richtig, aber Denisa spürte auch wieder etwas Wut in sich aufsteigen. Was gab Mia das Recht, ihr zu sagen, was sie tun sollte? Sie war doch jünger als Denisa! Sie hätte sich vorhin ihren Kommentar verkneifen sollen!

„Was wirst du jetzt tun?", durchbrach Mias Stimme auf einmal ihre Gedanken. Mit dieser Frage hatte Denisa überhaupt nicht gerechnet. Meinte Mia das auf das Haus oder auf sich selbst bezogen? Sie wusste nicht, was sie antworten sollte. Über das Haus wollte sie nicht nachdenken, sie konnte jetzt nicht darüber nachdenken! Doch Mias Stimme erklang erneut:

„Ich meine, wirst du das Haus jetzt ausräumen, oder…?"
Sie machte eine kurze Pause. Dann beugte sie sich etwas nach vorne, um ihre Hand auf Denisas Arm zu legen.

„Deine Oma ist jetzt überall, sie ist nicht mehr in diesem Haus…", fuhr sie fort.

Wie konnte sie so etwas sagen? Warum maßte sie sich das an? Und auch wenn Denisa tief in sich drin wusste, dass Mia es nur nett gemeint hatte, stieg eine verzweifelte Wut in ihr hoch. Mit einem Ruck stand sie auf, Mias Hand abschüttelnd und ging ohne etwas zu sagen zur Haustür, stieg dort in Omas Gummistiefel und griff nach ihrer Jacke. Mia war indes aufgestanden und ihr ein paar Schritte gefolgt.

„Was willst du jetzt machen? Weglaufen?" Ihr Ton wirkte verwundert und spöttisch zugleich. Das war zu viel für Denisa. Sie fuhr herum, und ihre eigene Stimme erschien ihr unnatürlich schrill und laut:

„Was geht es dich an? Lass mich in Ruhe! Bring erst einmal dein eigenes Leben in Ordnung!" Mia starrte sie an, den Mund halb geöffnet. Diese Worte waren so rasch über Denisas Lippen gekommen, sie hatte nicht darüber nachgedacht. Und obwohl sie sie sofort bereute, konnte sie nicht anders, als sich umzudrehen und das Haus zu verlassen. Sie wollte raus, einfach nur weg aus dieser Situation, in der sie sich selbst nicht wiedererkannte.

Doch nach ein paar zügigen Schritten draußen überkam sie Panik. Sie hatte ihrem Gast Unrecht getan, das war ihr bewusst, denn Mia hatte nur helfen wollen. Was würde sie jetzt tun? Ihre Sachen packen und gehen? Der Gedanke erschien Denisa auf einmal unerträglich. Sie wollte nicht wieder ganz alleine sein!

Hastig wandte sie sich um und ging im Laufschritt zurück zum Haus. Die kalte Luft schmerzte in ihrer Kehle. Oder waren das die Tränen, die erneut aufstiegen?

Mia war nicht mehr im Wohnzimmer, und deshalb stieg Denisa zügig die Treppe hoch. Die Tür zu Omas Zimmer stand halb offen, und Mia saß auf dem Bett. Das Gesicht hatte sie in Richtung Fenster gewandt, in der Hand hielt sie ein Taschentuch. Denisa rang noch nach Atem, einen Moment lang stand sie nur in der Tür. Dann betrat sie das Zimmer und setzte sich vorsichtig dazu.

Mias Rucksack stand geöffnet zu ihren Füßen. Hatte sie angefangen zu packen? Als Mia sich endlich umwandte, glitzerten Tränen in ihren Augen. Denisa wollte so viel sagen. Dass sie es nicht so gemeint hatte, dass es ihr leid tat und dass sie Mia nicht hatte verletzten wollen.

Doch als sie den Mund öffnete, legte Mia ihr den Finger auf die Lippen. Und dann schmiegte sie ihren Kopf an Denisas Schulter und legte die Arme um ihren Oberkörper, und so saßen sie eng umschlungen eine Zeitlang, ohne zu sprechen. Es war schön, Mias Kopf zu spüren, den leichten Druck, den er auf der Schulter ausübte.

Die junge Frau wirkte auf einmal so zerbrechlich. Es war, als hätten sie beide komplett die Rollen getauscht. Als wäre Mia nun die trauernde Seele. Und ein Blick in ihr Gesicht verriet Denisa, dass es genau so war.

„Ist alles okay?", fragte Denisa unbeholfen, und gleich kam ihr diese Standardfrage dumm vor. Es war nicht okay, das konnte sie sehen. Mia schüttelte an ihrer Schulter leicht den Kopf.

„Meine Eltern fehlen mir so", erwiderte sie und sah hoch.

„Ich habe seit fast zwei Monaten nicht mehr mit ihnen gesprochen." Mit dem Taschentuch in ihrer Hand putzte sie sich die Nase. Auf ihren nackten Beinen hatte sie eine Gänsehaut, deshalb löste Denisa sich vorsichtig aus ihrer Umarmung und zog die Decke über sie, um dann ihrerseits ihre Arme um Mia zu legen. Die schmiegte sich eng an sie heran und fuhr fort:

„Bevor ich gegangen bin, hatten wir so einen heftigen Streit. Ich wollte nur noch weg, ohne dass mich jemand finden kann, deshalb habe ich auch mein Handy nicht mitgenommen, damit sie mich nicht anrufen können. Ich war so wütend..."

Sie sprach nicht weiter, sondern ließ sich einfach von Denisa halten und dann und wann ein wenig hin und her wiegen. Eine ganze Weile saßen sie so dort, bis Mias knurrender Magen irgendwann die Stille durchbrach. Kein Wunder! Es war bereits nach Mittag, und sie hatten noch nicht einmal gefrühstückt!

Mia hob den Kopf und streckte sich ein wenig. Dann stellte sie ihren Rucksack zurück an die Wand und zog sich die Jogginghose über, die am Boden lag.

Sie frühstückten lange im Esszimmer. Brot mit Marmelade, Tee und von den Lebkuchen, die Denisa gestern gebacken hatte. Sie sprachen nicht viel, denn jede war irgendwie in ihre eigenen Gedanken vertieft, in ihre eigenen Abgründe und Schluchten des Lebens. Konnte man überhaupt selbst entscheiden, ob diese Abgründe einen verschlangen, oder ob einem Flügel wuchsen, um darüber hinwegzufliegen? Dieses plötzlich in ihr gewachsene Bild gefiel Denisa irgendwie.

‚Ich brauche Flügel', sagte sie sich in Gedanken, und das war etwas, was sie gerne festhalten wollte. Sie spürte mit einem Mal ein tiefes Verlangen danach, ihre Gedanken niederzuschreiben. Deshalb fragte sie Mia, ob die den Tisch aufräumen könne. Sie selbst ging ins Wohnzimmer, wo das Buch auf dem Tisch lag, das sie am Vortag gekauft hatte. Der Rabe darauf schien sie wirklich anzusehen, fast wie eine Einladung zum Schreiben.

Denisa ging zur Schreibkommode neben dem Bücherregal, um sich Omas schönen Füller zu holen. In der

Kommode lagen neben verschiedenen Stiften und Papier auch eine Menge Zeitschriften, Broschüren und einzelne Artikel, die ihre Oma aufgehoben hatte. Auf einem Heft war vorne das Foto einer wunderschönen brennenden Kerze abgedruckt, das Denisa sehr gefiel. Kurzerhand nahm sie aus einer kleinen Schublade der Kommode Schere und Kleber heraus und nahm auch das Heft mit zum Sofa. Dort schnitt sie das Bild von der Kerze sorgfältig aus und klebte es in ihr neues Buch auf die erste Seite. Darüber schrieb sie in ihrer schönsten Schrift:

Tagebuch der Trauer

Doch als sie den Titel wieder und wieder las, da kam er ihr doch sehr einseitig vor. Es sollte ein schönes Buch werden, gefüllt mit traurigen, aber auch guten Gedanken, Erinnerungen und Wünschen. Und so schrieb sie unter das Bild noch dazu:
...und der Heilung

Dann blätterte sie eine Seite um und schrieb auf die rechte Seite:

Wenn man vor einem Abgrund steht,
gibt es zwei Möglichkeiten:
entweder man fällt in die Tiefe
oder es wachsen einem Flügel.

Tatsächlich fand sie in einem der Magazine aus der Kommode ein Bild von einem schönen Vogel, der anmutig durch die Luft flog. Auch dieses Bild schnitt sie aus und klebte es auf die linke Seite, dem Spruch gegenüber. Das Ergebnis gefiel ihr sehr. Dieses Buch zu füllen, machte ihr ungeahnte Freude. Das schöne Foto von ihrer Oma beim Frühlingsspaziergang fiel ihr nun ein, und sie stand auf, um es aus dem Esszimmer zu holen. Erst zögerte sie etwas damit, das Bild aus dem Rahmen zu nehmen, in den ihre Oma es selbst hineingetan hatte. Aber als das Foto dann in dem Büchlein klebte, fühlte es sich richtig an. Aus einem Impuls heraus schrieb sie daneben:

Du fehlst mir so.

Dieser schlichte Satz rührte Denisa zu Tränen, aber gleichzeitig merkte sie auch, wie gut es ihr tat, ihn aufgeschrieben zu haben. Es war gut, ihre Gedanken auf dem Papier zu sehen, auch wenn sie noch so einfach waren, denn ein wenig fühlte es sich wirklich so an, als würde sie mit ihrer Oma sprechen.

Wo bist du jetzt?

schrieb sie auf die nächste Seite. Daneben klebte sie das Bild einer Landschaft, über der sich der weite Himmel erstreckte. Zufrieden lehnte sie sich zurück. Das war wirklich eine gute Idee von Mia gewesen mit dem Tagebuch.

Denisas Blick fiel auf das Portrait, das Mia von ihr gezeichnet hatte. Es lag neben ihrem eigenen Krippenbild auf dem Tisch. Mia hatte mit ihrem Bleistift einen Moment eingefangen, in dem Denisa total vertieft gewesen war. Total versunken in ihr Tun. Auf einmal stand Mia neben dem Tisch, eine Teetasse in der Hand, und betrachtete ebenfalls ihre Zeichnung.

„Du siehst glücklich aus darauf", sagte sie. „Du solltest öfter malen."

Es stimmte, Denisa hatte das Malen gefallen. Aber mit dem Ergebnis war sie etwas unzufrieden, weil es für sie aussah wie von einem Kind gemalt.

„Ich weiß nicht, wie", antwortete sie. „Ich bin nicht begabt wie du."

Mia ließ sich in die Ecke des Sofas fallen und zog die Beine an.

„Du musst einfach nur drauflos malen", meinte sie. „Lass die Farben tanzen, lass dich einfach treiben."

Denisa musste grinsen, aber ein Blick zu Mia sagte ihr, dass die es durchaus ernst gemeint hatte. Sich treibenlassen… das war Denisa schon immer schwergefallen. Im Schnee heute Morgen andererseits… da war es auf einmal leicht gewesen. Und es hatte sich toll angefühlt. Und auch das, was danach passiert war…

Vorsichtig schnitt sie das Portrait an den Rändern etwas zurecht und klebte es ebenfalls in ihr Buch, in das es gerade eben hineinpasste. Daneben schrieb sie den Satz, den Mia ihr gesagt hatte:

Du bist wunderschön.

So eine neue Seite an ihr… Nie hätte Denisa gedacht, dass sie sich zu einer Frau hingezogen fühlen könnte. Aber Mia faszinierte sie auf sonderbare Weise…

Was würde ihre Oma dazu sagen, wenn sie das wüsste? Oder wusste sie es? Sah sie jetzt alles, was Denisa tat? Wahrscheinlich würde sie es sehr unanständig finden, befürchtete Denisa.

‚Aber was geht es dich noch an?', dachte sie plötzlich. ‚Du bist tot.'

Sie schaute hinüber zu Mia, die in der Ecke des Sofas saß und in einem Buch blätterte.

„Was liest du da?"

Mia hielt das Buch hoch, sodass Denisa den Titel sehen konnte. Es war ein Gedichtband von Heinrich Heine, den Mia aus Omas Regal genommen haben musste, denn Denisa erkannte den Einband: blau mit goldenem Schriftzug darauf.

„Das sind schöne Gedichte", sagte Mia nun und ließ das Buch wieder sinken. „Deine Oma hat wirklich gute Bücher."

Denisas Blick wanderte zu dem Bücherregal gegenüber der Terrassentür. Sie hatte es immer geliebt, davorzustehen und die verschiedenen Bücher zu betrachten, dann und wann eines herauszuziehen und darin zu blättern. Auch sie mochte die Gedichtbände gerne. Von Goethe, Schiller, Mörike, Eichendorff... Ihre Oma hatte eine ganze Sammlung davon. Aber Denisa mochte auch die Romane und die Bildbände gerne, zumindest einige davon.

Einem inneren Drang folgend, stand sie auf und ging zu dem Regal. Den schönen Bildband über Vögel, zum Beispiel, wollte sie auf jeden Fall behalten. Und auch die Chronik über das 20. Jahrhundert und die schöne Broschüre über Schlösser in Bayern. Denisa hatte das Schloss Neuschwanstein zweimal besucht, einmal mit ihrer Oma und einmal mit David, und sie war jedes Mal wie verzaubert gewesen von den wunderbaren Wandgemälden, den prunkvollen Sälen und den prächtig verzierten Möbeln. Dieses Heft war eine schöne Erinnerung daran. Denisa zog nach und nach alle Bücher, die sie behalten wollte, aus dem Regal und legte sie auf einen Stapel am Boden. Ganz einfach war das, und plötzlich wurde sie sich dessen bewusst, dass sie endlich mit der Arbeit begonnen hatte, wegen derer sie vor ein paar Tagen gekommen war. Einfach so, ohne viel nachzudenken, hatte sie begonnen, Omas Sachen auszusortieren. Und gerade tat es auch kaum weh, daran zu denken.

Im Gegenteil: es war ein gutes Gefühl, die Dinge zu sammeln, die sie unbedingt behalten wollte. Hierfür hatte sie ursprünglich extra ein paar Kartons und Tüten mitgenommen, die nach wie vor im Auto lagen. Denisa spürte, dass es nun an der Zeit war, sie zu holen.

„Kannst du mir kurz helfen?", fragte sie Mia. Die stellte keine Fragen, sondern bejahte, stand auf und folgte Denisa mit neugierigem Gesichtsausdruck zum Wagen. Drei größere Kartons und vier Taschen lagen im Kofferraum. Gemeinsam trugen sie sie ins Haus, wo Denisa die Bücher, die sie zuvor auf dem Boden gestapelt hatte, in einen der Kartons legte. Dann durchforstete sie das Regal nach weiteren Titeln, die sie nicht weggeben wollte.

In einer Ecke stand die vergilbte Bibel, in der ihre Oma hin und wieder gelesen hatte. Sie war alt, sie hatte schon Denisas Urgroßmutter gehört. Als sie das Buch aufschlug, kam ihr der typische Geruch nach Weihrauch entgegen, den es schon immer an sich gehabt hatte. Der Text war in altdeutscher Schrift geschrieben, und Denisa musste sich sehr konzentrieren, um ihn entziffern zu können.

Während sie in dem Buch herumblätterte, fiel auf einmal etwas daraus zu Boden. Sie bückte sich, um es aufzuheben und sah, dass es ein Foto war, das ihre Mutter als junge Frau zeigte. Sie musste so ungefähr dreiundzwanzig Jahre alt gewesen sein, als es gemacht wurde. Über das ganze Gesicht strahlend, das von ihren lockigen Haaren umhüllt wurde, sah sie sehr glücklich aus. Hatte sie Denisas Vater da schon gekannt? War sie sehr verliebt gewesen? Viel wusste Denisa nicht aus dieser Zeit, denn ihre Oma hatte fast nie darüber gesprochen. Mia war vom Sofa aufgestanden, um das Gedichtbuch zurück ins Regal zu stellen. Als sie neben Denisa stand, warf sie einen kurzen Blick auf das Foto.

„Wer ist das?", fragte sie eher beiläufig, während sie das Buch in seine ursprüngliche Lücke im Regal schob.

„Das ist meine Mutter", antwortete Denisa. „Sie starb bei einem Autounfall, als ich fast fünf war", fügte sie hinzu, ohne dass Mia danach gefragt hatte. Die sah sie eine Weile lang nur an.

„Das tut mir leid", sagte sie dann und legte einen Arm um die Freundin. Denisa zuckte leicht mit den Schultern, denn sie wusste nicht, wie sie sonst reagieren sollte. Oder was sie empfinden sollte. So ging es ihr immer, wenn die Menschen ihr Mitleid bezüglich ihrer Vergangenheit aussprachen. Sie wusste nicht, was sie darauf sagen sollte. Mehr als einmal war ihr auch geraten worden, eine Therapie zu machen, um den Verlust zu verarbeiten. ‚Du musst dich damit befassen...', hatte eine Bekannte ihr beispielsweise einmal gesagt. Aber wie? Wie trauerte man um eine Person, an die man keine eigenen Erinnerungen hatte? Und warum kamen solche Ratschläge ausschließlich von Personen, die ihre eigenen Eltern noch hatten?

Mia sagte nichts dergleichen, und gemeinsam betrachteten sie das Bild. Es hatte ein paar Knicke.

„Sie ist schön", meinte sie schließlich. „Wo ist dein Vater?"

Das war eine Frage, die sich Denisa selbst schon lange nicht mehr gestellt hatte.

„Ich weiß nicht, wo er jetzt lebt", erwiderte sie. „Seit er wieder geheiratet hat, haben wir keinen Kontakt mehr." Wie lange war das jetzt her? Denisa musste ein wenig überlegen. Sie musste ungefähr fünfeinhalb Jahre alt gewesen sein bei seinem letzten Besuch.

„Eigentlich habe ich nur sehr wenige Erinnerungen an ihn. Meine Großeltern haben mich nach dem Tod meiner Mutter zu sich genommen."

Mia schwieg dazu, ihr Arm lag wärmend auf Denisas Schultern. Was dachte sie? Die Geschichte hörte sich für Außenstehende erschütternd an, das hatten schon mehrere Menschen zu Denisa gesagt. Aber für sie selbst war das ihr Leben, ihre Normalität, und sie kannte es nicht anders. Das Bild von ihrer Mutter rührte sie jedoch aus einem anderen Grund sehr. In einem Jahr nämlich würde Denisa so alt sein wie sie, als sie starb, und das war schon eine seltsame Erkenntnis.

„Kannst du dich noch an sie erinnern?", fragte Mia unvermittelt. Das wusste Denisa selbst nicht so genau. Es fiel ihr schwer, diese Frage zu beantworten. Sie hatte Bilder und Geschichten von ihrer Mutter im Kopf, aber sie war sich nicht sicher, ob das nicht nur Phantasien waren. Sie kannte ja die Fotos und die Geschichten, die ihre Oma ihr erzählt hatte. Vielleicht hatte Denisas Verstand sich die vermeintlichen Erinnerungen auch nur daraus zusammengebastelt.

„Ich weiß es nicht", erwiderte sie auf Mias Frage, „aber ich habe mir früher immer vorgestellt, dass sie irgendwie bei mir ist." Sie seufzte leise und ließ das Bild sinken.

„Ich weiß nicht, vielleicht ist das auch nur so eine Illusion, an die Kinder gerne glauben." Auf einmal spürte sie, wie Mia beide Arme um sie legte und sie an sich zog.

„Willst du wissen, was ich glaube?", fragte sie leise, ganz nah an Denisas Ohr. Es klang irgendwie geheimnisvoll. Und ja, Denisa wollte es wissen. Sie nickte daher, wohl wissend, dass Mia es spüren musste, denn die sprach weiter:

„Ich glaube, dass alle Seelen immer miteinander verbunden sind, die von den Lebenden und die der Verstorbenen." Denisa verstand nicht recht, was sie meinte. Wie sollten die Seelen miteinander verbunden sein? Sie hatte immer fest geglaubt, dass ihre Mutter bei Gott wohnte, so hatte ihre Oma es ihr beigebracht. Aber jetzt, wo sie darüber nachdachte, kam ihr diese Vorstellung ziemlich kindlich vor. Was meinte Mia genau? Auf Denisas Frage hin löste Mia ihre Umarmung und sah sie an.

„Ich glaube an eine Art Seelenpool", sagte sie dann, und Denisa glaubte erst, sich verhört zu haben.

„Einen Pool?", fragte sie daher ungläubig nach. Sie musste Mia wohl etwas verdutzt angesehen haben, denn die warf den Kopf nach hinten und lachte auf.

„Ja, einen Pool voller Seelen." Der Gedanke schien sie zu amüsieren. Sie wurde jedoch gleich wieder ernster.

„Ich meine, wie eine große Menge Wasser, in der jeder einzelne Tropfen ein Teil des Großen Ganzen ist. Dann und wann löst sich eine Seele aus dem Gefüge, um ein Leben auf der Erde zu führen. Aber sie bleibt immer verbunden mit dem Pool, bis sie wieder dorthin zurückkehrt."

Diese Idee war für Denisa absolut neu. Konnte es so etwas geben? Oder war das nur eine von Mias wilden Phantasien?

„Aber was ist mit Gott?", fragte sie. „Was ist mit Jesus, zu dem wir nach dem Tod aufsteigen?"

Mia antwortete zunächst nicht. Sie schien über die Frage nachzudenken und ihre Worte abzuwägen.

„Gott...", sagte sie schließlich und schüttelte leicht den Kopf. „Weißt du, ich kann nichts anfangen mit einem Gott, der oben im Himmel sitzt und jeden meiner Schritte beobachtet." Ihr Blick spiegelte auf einmal Verbitterung wider, und Denisa kam in den Sinn, was Mia über ihre Eltern gesagt hatte. Dass sie ein Problem damit hatten, wie sie lebte...

„Ist es das, was deine Eltern glauben?", fragte Denisa. „Habt ihr darüber gestritten?"

Mia ging zum Sofa und setzte sich. Ihr Blick wirkte traurig, und Denisa bereute ihre Frage fast, denn sie hatte Mia wirklich nicht an ihren Schmerz erinnern wollen. Sie hatte aus reinem Interesse gefragt. Doch als sie sich neben Mia setzte, schaute diese sie mit einem gefassten Blick an.

„Meine Eltern halten nicht viel von meinem Glauben. Sie haben es sehr missbilligend gesehen, dass ich mich plötzlich für den Buddhismus interessierte." Sie schluckte kurz.

„Weißt du, als ich sechzehn war, ist eine gute Freundin von mir gestorben. Sie hatte eine Gehirnhautentzündung, gegen die die Ärzte absolut machtlos waren. Sie ist so schnell gestorben…" Mia stockte, und Denisa konnte sehen, dass ihre Hände leicht zitterten. Sie griff nach Mias Arm.

„Du musst es nicht erzählen, wenn es zu sehr wehtut…", sagte sie, doch Mia schüttelte leicht den Kopf. Sie schien diese Geschichte mit ihr teilen zu wollen, denn sie fuhr fort:

„Ich habe sie geliebt, verstehst du? Nach ihrem Tod habe ich einfach keinen Trost gefunden. Nicht bei der Kirche und nicht…", sie zögerte erneut, „…und nicht bei meinen Eltern. Sie wussten nicht, wie viel Miriam mir bedeutet hatte. Niemandem konnte ich das erzählen."

Sie schwieg erneut einen Moment und starrte in das Kaminfeuer. Die Flammen flackerten darin unruhig hin und her und waren mittlerweile fast die einzige Quelle der Helligkeit im Wohnzimmer. Das Tageslicht war beinahe verschwunden.

„Ich habe dann angefangen, viel über den Buddhismus zu lesen", sprach Mia schließlich weiter. „Die Schriften des Dalai Lama und die Texte über Wiedergeburt… das hat mir irgendwie geholfen."

Denisa konnte einen Moment lang nicht sprechen, sondern schluckte nur ein paarmal. Mias Geschichte erschütterte sie, und sie hätte gerne gewusst, was sie nun tun sollte. Sie hob den Kopf, wollte etwas sagen, aber Mias ruhiger Blick, der noch immer auf dem Feuer lag, ließ sie zögern. Sie wirkte traurig, ja, aber auch ruhig und gefasst.

Was sie gesagt hatte, löste in Denisa aber nicht nur Erschütterung aus, sondern auch eine gewisse Neugier.

Natürlich hatte sie schon vom Dalai Lama gehört und in Buchläden Bücher von ihm gesehen. Aber es war ihr nie in den Sinn gekommen, sich näher mit ihm zu befassen. Sie hatte bisher keine Zweifel gehabt an dem Gott, an den ihre Oma so fest glaubte. Aber Mias Worte hatten sie neugierig gemacht. Andererseits spürte Denisa auch eine seltsame Angst vor diesen neuen Gedanken.

„Und glaubst du an die Wiedergeburt?", fragte sie daher. Mia sah sie direkt an, und Denisa bemerkte einmal mehr, wie tiefgrün ihre Augen waren.

„Ich habe viele Berichte gelesen über Nahtoderfahrungen und über Kinder, die sich an frühere Leben erinnern können. Das sind natürlich keine Beweise, das weiß ich, aber für mich sind es Hinweise darauf, dass da etwas existiert jenseits unseres Lebens hier."

Und dann erzählte sie Denisa von dem wunderbaren Licht, das viele beschreiben, die, dem Tode nahe, ihren Körper verlassen hatten. Und dass sich diese Menschen oft von außen sehen und später Personen und Gegenstände beschreiben können, die sie mit den Augen gar nicht gesehen haben konnten. Und wie viele von ihnen Begegnungen beschrieben mit bereits verstorbenen Menschen, die mit ihnen kommunizierten. Denisa hatte schon gewusst, dass es so etwas gab, aber die Fülle an Details, von denen Mia ihr nun erzählte, beeindruckte sie sehr. Konnte das real sein? Konnten so viele Berichte lügen?

Nachdem Mia geendet hatte, schwiegen sie eine ganze Weile und beobachteten nur den Tanz der kleiner werdenden Flammen im Kamin. Denisa spürte in sich den Drang, mehr zu erfahren über diese geheimnisvollen Dinge. Vielleicht würde sie sich auch diese Bücher besorgen, von denen Mia gesprochen hatte.

Andererseits... was würde es bedeuten, wenn diese Berichte wahr waren? Hatte sie dann bis jetzt das Falsche geglaubt? Hatte ihre Oma ihr Leben lang das Falsche geglaubt? Oder zumindest nur einen sehr kleinen Teil der Wahrheit gekannt? Das wäre furchtbar!

Konnte es nicht doch sein, dass es mehrere Wahrheiten gab, die nebeneinander existierten? Konnte es vielleicht sein, das jeder seine eigene Wahrheit hatte? Es konnte doch schließlich nicht nur eine Ansicht für alle gelten! Das kam Denisa auf einmal sehr absurd vor.

‚Vielleicht', dachte sie, ‚vielleicht bekommt jeder das, woran er glaubt. Vielleicht gestaltet jeder mit seinen Gedanken und Erwartungen seine Realität mit.' Sie sprach diesen Gedanken jedoch nicht aus, da sie selbst noch nicht wusste, was sie davon halten sollte.

Den Rest des Abends verbrachten die beiden Frauen damit, Plätzchen und Lebkuchen vor dem Fernseher zu essen. Es lief eine Komödie, die so herzhaft locker und unbeschwert war, dass sie Denisa richtig gut tat. Und auch Mia schien diese Stimmung zu genießen, fern von den Dingen, die sie beide belasteten. Sie lachte oft, und irgendwann, als wäre es das Selbstverständlichste von der Welt, nahm sie Denisas Hand und kuschelte sich an ihre Seite.

KAPITEL NEUN

Lange konnte Denisa nicht einschlafen. Es gab so viele Gedanken, die ihr im Kopf herumschwirrten. Hauptsächlich über ihr Gespräch mit Mia, aber auch viele über ihre Oma und das Haus. Ihr war heiß, immer wieder musste sie zur Toilette oder etwas Wasser trinken. Die quälenden Gedanken wollten nicht verschwinden. Auch wenn es noch so wehtat, sie musste das Haus verkaufen, es führte kein Weg daran vorbei. Vielleicht war es wirklich ein Fehler gewesen, den Mann heute so unwirsch wegzuschicken...

Plötzlich hörte sie das Geräusch von Schritten auf dem Dielenboden. Sie sah auf, und im schwachen Licht konnte sie silhouettenhaft Mias Gestalt erkennen, Decke und Kissen aus Omas Bett im Arm.

„Kann ich zu dir kommen?", fragte Mia leise. Anstatt zu antworten, rückte Denisa ein Stück in dem großen Bett zur Seite und ließ Mia das Bettzeug auf die freie Fläche legen und unter die Decke kriechen. Sogar durch die Daunen hindurch meinte Denisa, ihre Wärme spüren zu können, und unwillkürlich musste sie wieder an das denken, was am letzten Vormittag zwischen ihnen passiert war. Ein wohliges Gefühl machte sich unmittelbar in ihr breit, sie meinte, das Kribbeln zwischen ihren Beinen noch spüren zu können. Und es stiegen in ihr Bilder hoch davon, wie Mia ihr in der Badewanne gegenübergesessen und danach vor ihr gestanden hatte. Mit ihren wunderschönen Kurven, ihrem kräftigen und doch weiblichen Körper.

Vorsichtig drehte sie sich nun zur Seite und schob die Hand unter die Decke neben sich. Mia schlief nicht. Sie rollte sich auf den Rücken und nahm Denisas Hand.

„Kannst du auch nicht schlafen?", fragte sie. Denisa verneinte. Ein wenig rückte sie noch an Mia heran, und die verstand, denn sie hob die Decke an und ließ Denisa neben sich schlüpfen. Wo ihre beiden Körper sich berührten, fühlte es sich fast wie kleine Stromstöße an. Mia hob den Kopf und küsste sie lange, und noch im Kuss ergriff sie Denisas Hand und führte sie unter ihr T-Shirt. Die Haut auf ihrem weichen Bauch fühlte sich glatt und heiß an. Er hob und senkte sich mit jedem Atemzug ein bisschen tiefer. Vorsichtig tastete Denisa weiter, bis sie die schönen Rundungen von Mias Busen spüren konnte, und Mia schien es zu genießen, wie sie immer wieder mit den Fingern darüber kreiste, denn sie presste sich ihr entgegen.

„Hör nicht auf", hörte Denisa ihre leise Stimme nahe an ihrem Ohr, und sie nahm wahr, dass Mia sich selbst zwischen den Beinen streichelte und ihr Atem noch tiefer und schneller wurde. Sie brauchte nicht lange. Plötzlich bäumte ihr Unterleib sich ein paarmal auf, sie stöhnte leise und ließ sich dann schwer atmend zurückfallen. Denisas Hand lag noch immer auf ihrer Brust, und sie konnte Mias Herzschlag spüren. Es war schön, zu fühlen, wie ihr ganzer Körper vor Lust vibrierte, und nach einem Moment des Innehaltens schob Denisa Mias T-Shirt nach oben und küsste ihre Brüste, die sich wunderbar glatt anfühlten. Weich und glatt.

Dann schmiegte Denisa ihren Kopf auf die heiße Haut, Mias klopfendes Herz direkt unter ihrem Ohr und lauschte. Zu erleben, wie die Erregung langsam verebbte, getragen von Mias lebendigen Atemzügen, war ein überwältigendes Gefühl. Das pure Leben… Mia legte ihren Arm um Denisas Schulter, und lange lagen sie so eng beieinander, tief ineinander versunken.

Irgendwann schliefen sie ein, eng umschlungen, aneinandergekuschelt und erwachten erst, als helle Sonnenstrahlen durch den Vorhang zu ihnen aufs Bett fielen.

Draußen war schon heller Tag, sie mussten lange durchgeschlafen haben. Tatsächlich war es fast elf Uhr, als sie in die Küche gingen, um zu frühstücken.

Draußen vor den Fenstern glitzerte der Schnee in der Sonne. Er war so weiß und hell, dass man kaum hineinschauen konnte. Trotz des klaren Himmels waren die eisigen Temperaturen geblieben. Minus zehn Grad zeigte das alte Thermometer auf der Terrasse an, aber im Haus war es schön warm.

Die hellen Sonnenstrahlen sorgten bei Denisa für so gute Laune, dass sie sich voller Tatendrang fühlte. Sie wollte heute auf dem Dachboden mit dem Aussortieren weitermachen, zuerst im Abstellraum, da sie hier nicht viel vermutete, was sie an Gegenständen würde behalten wollen. Nur die praktische Trittleiter und ein paar Putzlappen konnte sie noch gebrauchen. In der Dachkammer daneben standen zwei Schränke und eine Truhe, die schon ihren Urgroßeltern gehört hatte. Sie war mit herrlichen Bauernmalereien verziert, und für Denisa war klar, dass sie dieses Erbstück in jedem Fall behalten würde. Beim Öffnen quietschte die Truhe laut und der Geruch von Holz und altem Lack stieg auf. Ein Geruch voller Erinnerungen an früher. Mia stand an den Türrahmen gelehnt und sah ihr zu. Sie schien unschlüssig zu sein.

„Du kannst gerne in die Schränke schauen", sagte Denisa und sah kurz zu ihr hinüber. Mia konnte ihr helfen zu sichten, was da überhaupt alles drin war. In der Truhe zum Beispiel lagen etliche Kleider und ein Wanderstab ihres Opas. Und zwei Decken, die schon sehr abgenutzt aussahen. Denisa nahm die Sachen heraus und legte sie in eine Ecke der Kammer, denn sie wollte einen Stapel machen mit Dingen, die sie nicht gebrauchen konnte. Kurz überlegte sie zwar, ob sie den Wanderstab als Andenken behalten sollte, entschied sich dann jedoch dagegen. Sie hatte keine richtigen Erinnerungen an ih-

ren Opa, und somit kein großes Verlangen nach einem
Andenken an ihn. Die Fotoalben, in denen auch Bilder
von ihm eingeklebt waren, würde sie ohnehin behalten.
Und von ihren Urgroßeltern und ihren Großeltern, als
sie Kinder waren. Denisa hatte diese Fotos immer gerne
angesehen, denn die Blicke in den jungen Gesichtern
ihrer Ahnen, so voller Hoffnung und Leben, sie hatten
immer eine starke Faszination ausgeübt. Auf den Fotos
wirkten sie so real, und doch war es schon lange vergangen, dass diese Menschen jung und lebendig gewesen
waren.

Die schmerzvolle Erkenntnis durchfuhr Denisa, wie so
oft in den letzten Tagen: nun war auch ihre Oma ein
Teil dieser Vergangenheit! Nun war auch sie fort und
mit ihr die Verbindung, die Denisa zu ihren Vorfahren
gehabt hatte. So viele Geschichten hatte Oma immer
wieder erzählt von den älteren Brüdern, Onkeln und
Tanten, die sie gehabt hatte. Irgendwo musste Denisa
auch noch entfernte Cousins haben, die sie nie kennengelernt hatte. Diese ganzen Geschichten ihrer Oma waren nun mit ihr fortgegangen. Denisa seufzte leise und
schloss die Truhe.

Ein kleiner Ausruf aus Mias Richtung holte sie aus ihren trüben Gedanken.

„Das ist etwas für dich." Mia hielt ihr eine Flechtkiste hin, in der Denisa Christbaumkugeln erkannte. Die
schönen Kugeln, die sie jedes Jahr mit ihrer Oma zusammen an den Tannenbaum gehängt hatte! Und das
Lametta und die selbst gebastelten Sterne. Mit einem
Lächeln nahm sie die Kiste entgegen.

Dieses Ritual hatte sie immer geliebt, wenn sie beide
kurz vor Weihnachten den Baum im Wohnzimmer aufgebaut hatten, um ihm bei Weihnachtsmusik mit all
den schönen Dingen aus der Kiste ein festliches Aussehen zu verleihen. Der Baum war dann immer bis Mitte

Januar gestanden, bis er gänzlich vertrocknet gewesen war.

,Wer weiß, im Januar ist das Haus vielleicht schon ganz leer', schoss es Denisa durch den Kopf, wie sie die Kiste so hielt. Aber sie hatte sich doch vorgenommen, Weihnachten noch hier zu feiern. Da gehörte ein Baum unbedingt dazu, oder…?

Sie stellte die Kiste auf den Boden und öffnete den anderen Schrank. Hier stand Opas Werkzeugkiste, das wusste sie, und sie musste nicht lange suchen. Triumphierend hielt sie die Säge hoch und sagte grinsend:

„Dann schauen wir doch mal, ob wir damit umgehen können."

Mia sah sie verständnislos an, folgte ihr aber ohne Fragen die Treppe hinunter zur Haustür. Erst als Denisa in ihre Stiefel schlüpfte, schüttelte sie den Kopf und hob ihre Hände.

„Also echt, Denisa, was machst du da?", fragte sie. Denisa fühlte sich auf einmal so übermütig, dass sie über Mias verdutzten Gesichtsausdruck herzhaft lachen musste.

„Wir holen jetzt einen Tannenbaum", erwiderte sie und zog ihren Mantel an.

„Ist das nicht ein bisschen früh?" Mias Ausdruck änderte sich nicht. „Wir haben doch gerade mal Anfang Dezember!" Sie hatte Recht, es war gerade mal der elfte Dezember. Aber Denisa war das jetzt egal.

„Vielleicht", erwiderte sie. „Aber dass ausgerechnet du dich an solche Regeln hältst, wundert mich." Mia sah sie einen Moment lang nur an, dann grinste sie und bückte sich nach ihren Schuhen.

Die Sonne stand schon wieder tief, aber ihre Strahlen fühlten sich dennoch warm an auf dem Gesicht. Die frostigen Temperaturen jedoch hatten alles gefrieren lassen, und an den Fensterbrettern, den Tür- und Fenstergriffen und den Zaunlatten hingen überall Eiszapfen.

Entlang der Koppeln waren die Holzpfähle überzogen mit einer weißen Schicht aus glitzerndem Reif und Schnee.

Die beiden Frauen gingen das Stückchen an den Wiesen vorbei zum Waldrand und bogen dann ab, um tiefer in den Wald zu gelangen. Hier lag nicht so viel Schnee, nur dort, wo der Wind ungehindert hineinwehen konnte. Moos in den verschiedensten sattgrünen Farben bedeckte den Waldboden, und Denisa konnte nicht anders, als sich danach zu bücken und es zu berühren. Wunderbar weich fühlte es sich an, trotz der Kälte in ihren Fingern. Sie wollte keinen zu großen Baum haben. Schön sollte er sein und an einer Stelle stehen, wo der Förster ihn im Frühjahr ohnehin würde fällen müssen. Jeden Winter markierte er solche Bäume extra für die Einheimischen, damit sie wussten, welche sie sich holen konnten, und da sie so früh dran waren, würde es bestimmt noch eine große Auswahl geben. Und wirklich, es waren einige Tannen markiert. Kleine am Wegrand oder auch solche, die zu groß geworden waren für ihre Umgebung. Bunte Fähnchen aus Klebeband schmückten ihre Spitzen.

Denisa konnte sich nicht entscheiden. Unschlüssig ging sie umher, bis sie schließlich vor einer mittelgroßen Tanne stand, die ein bisschen schief gewachsen war. Auf einer Seite hingen die Zweige tiefer als auf der anderen. Sie war auf den ersten Blick nicht das, was Denisa sich vorgestellt hatte, nicht so schön rund und gleichmäßig. Aber etwas an diesem Baum rührte sie tief. Gerade dass er nicht perfekt war, machte ihn irgendwie liebenswert. Er sah so aus, wie Denisa sich fühlte. Unvollkommen, schief, gebrochen…

Zu zweit sägten die beiden Frauen den dicken Stamm durch, und es schmerzte Denisa ein wenig, den Baum zu verletzen. Der Duft von Harz lag in der Luft. Gemeinsam trugen sie ihre Beute dann durch den Wald, was gar nicht so einfach war, denn mehr als einmal verfingen sie sich mit den Ästen in anderen Bäumen oder Büschen, und obwohl es keine große Tanne war, war sie doch ziemlich schwer. Als sie den Wald endlich verlassen hatten, machten sie eine kurze Pause und kämpften sich dann weiter über den verschneiten Weg. Ab und zu rutschte eine von ihnen aus, sodass sie meist beide im Schnee landeten. Zwar mussten sie dabei immer lachen, aber Denisa war trotzdem froh, als das Haus in Sichtweite kam. Die Sonne war hinter dem Horizont verschwunden und hatte die Landschaft tief kalt zurückgelassen.

Sie freute sich sehr auf das warme Wohnzimmer. Den Baum nahmen sie gleich mit hinein und trugen ihn vorbei am Kamin in die Ecke neben dem Sofa. Denisa wusste ungefähr, wo sich der Christbaumständer auf dem Dachboden befand, und gemeinsam schafften sie es, den Baum darin festzuschrauben. Kurz betrachteten sie ihr Werk. Etwas schief war die Tanne nach wie vor, aber sie hielt das Gleichgewicht gut. Der wunderbare Duft ihrer Nadeln füllte rasch den ganzen Raum. Mia legte ein paar Holzscheite auf das klein gewordene Feuer im Kamin und zog sich die Jacke aus.

„Wo ist der Staubsauger?", fragte sie dann. Und sie hatte Recht. Es lagen einige Tannennadeln und Dreck von ihren Schuhen im Wohnzimmer herum. Aber das war mit dem modernen Staubsauger schnell beseitigt, den Denisa selbst ihrer Oma besorgt hatte, nachdem der alte kaputtgegangen war. Drei Jahre war das her, und es kam Denisa vor, als wäre es erst vor ein paar Tagen gewesen.

In der Flechtkiste war der ganze Baumschmuck geordnet einsortiert. Zuerst hängte Denisa die gläsernen Kugeln an die Zweige. Dunkelrot und silbern waren sie und glänzten wunderschön. Gerade als sie sich strecken wollte, um ganz oben eine Kugel aufzuhängen, hörte sie Mia auflachen: „Was ist das denn?"

Mia hockte am Boden vor der Kiste und hielt eine aus-
geschnittene Pappfigur an einem Faden hoch, die einen
nackten Engel darstellte. Zumindest sollte sie das. Bei
näherer Betrachtung sah diese Figur mit dem dicken
Gesicht, dem gedrungenen Körper und den winzigen
Flügeln ziemlich lächerlich aus. Auch Denisa musste
bei dem Anblick grinsen.

„Na, ein Engel halt", antwortete sie auf Mias Frage und
hängte die Christbaumkugel an einen der oberen Äste.
Mia schüttelte den Kopf und ließ die Figur zurück in
die Kiste fallen.

„So sehen doch keine Engel aus!" Sie erhob sich und
ging zum Wohnzimmertisch, wo noch immer Denisas
neue Stifte und der Block lagen.

„Ich zeige dir, wie echte Engel aussehen", sagte sie und
begann, zu skizzieren. Das gleichmäßige Geräusch der
Stifte auf dem rauen Papier erfüllte das Wohnzimmer
und vermischte sich mit dem Knacken des Feuers. Denisa hängte die selbst gebastelten Sterne aus Goldpa-
pier an den Baum und die kleinen Figürchen aus Holz,
welche Engel, Hirten, Schafe und die Heilige Familie
darstellten, und zum Schluss legte sie noch glänzendes
Lametta über alles, wie ein Hauch von Geheimnis und
Magie. Ganz oben auf die Baumspitze steckte sie den
großen goldenen Stern.

Eine Weile saß sie auf dem Teppich vor ihrem Werk
und betrachtete es. Sie fühlte sich sehr an ihre Kindheit erinnert, denn es war so ein erhabenes Gefühl, diesen schönen, duftenden Baum zu bewundern. Was nun
noch fehlte, war die Lichterkette, die ihn zum Erstrah-
len brachte, wenn es draußen dunkel war. Tatsächlich
war das Licht des Tages fast verschwunden. Das Feuer
im Kamin und die Stehlampe neben Mia am Sofa tauch-
ten den Raum in gemütliches Licht. Zugleich brachten
sie aber auch eine Schwermut in Denisas Herz, die ihr
die Augen feucht werden ließ. Sie warf einen flüchtigen

Blick zu Mia und war froh, dass ihr Gast ganz vertieft war in ihr Tun und auch nicht beachtete, wie Denisa die Flechtkiste sorgfältig verschloss und über den Teppich bis an die Wand schob.

‚Sehr schön, mein Kind‘, hätte ihre Oma zu dem Baum gesagt, das wusste Denisa. Zwar hätte sie wahrscheinlich ein paar von den schiefen Zweigen bemerkt, aber sie mochte den festlichen Baumschmuck genauso gerne wie ihre Enkelin. Nun war Denisa froh, dass sie auf die Weihnachtsmusik beim Schmücken verzichtet hatte, denn diese stimmungsvolle Musik würde ihre Schwermut womöglich noch verstärken. Mit einem leisen Seufzer kniete sie sich erneut auf den Boden vor den Baum und sah an ihm hoch. Sie versuchte, ein paar der unteren Zweige zurechtzubiegen, damit alles insgesamt symmetrischer aussah, aber der Erfolg war mäßig, sodass sie ihre Hände wieder sinken ließ.

‚Oma, wo bist du jetzt? Wirst du an Weihnachten bei mir sein?‘

Auf einmal hatte sie das starke Bedürfnis, etwas aufzuschreiben. Daher stand sie auf, ging zum Sofa und nahm das Buch vom Tisch. Mia verdeckte mit der Hand ihre Zeichnung.

„Schau noch nicht", sagte sie. „Es ist noch nicht fertig."

Denisa nickte nur und hoffte, dass Mia die Tränen in ihren Augen nicht bemerkte. In der Ecke des Sofas kuschelte sie sich unter die Decke und schlug das Buch auf. Und ohne lange nachzudenken, begann sie zu schreiben:

Liebe Oma, wo bist du nur?
Ich habe gerade solche Sehnsucht nach dir.
Du fehlst mir.
Gerade habe ich unseren Tannenbaum für das Fest geschmückt.
Ich weiß, es ist etwas früh dafür,
aber ich denke, er würde dir gefallen…

Sie warf einen Blick zu Mia hinüber, die mit dem nassen Pinsel immer wieder über das Bild strich. Sie sah sehr konzentriert aus, die Augenbrauen leicht hochgezogen. Ihr Haar hing ihr in Strähnen in das junge Gesicht, und immer wieder wischte sie es mit der Hand beiseite. Sie war wohl so vertieft, dass sie nicht zu bemerken schien, wie Denisa zu ihr hinübersah. Diese wunderbare Frau… Warum war sie gerade jetzt in Denisas Leben gekommen? Konnte das überhaupt ein Zufall sein?

Ich habe jemanden kennengelernt.

schrieb Denisa weiter.

Es ist etwas anders, als du es dir vielleicht gewünscht hättest, aber…

Sie stockte kurz, schrieb dann jedoch zu Ende, was sie im Sinn hatte:

…aber sie verzaubert mich. Sie tut mir gut. Das kann doch nicht falsch sein, oder?

Mia legte geräuschvoll den Pinsel auf den Tisch und blies ein paarmal auf das Blatt, damit die Farben trockneten.

„Fertig", sagte sie schlicht. Dann hob sie das Blatt und hielt es in Denisas Richtung. „So sehen meine Engel aus."

Das Bild war, im Gegensatz zu Mias anderer Zeichnung, sehr farbenfroh. Es hatte einen in Blau- und Türkistönen gehaltenen Hintergrund, in dessen Mitte ein gelb-weißer Kreis war, wie ein erleuchtetes Tor. Davor stand eine menschliche Gestalt und hinter ihr ein Engelwesen, das beschützend seine Flügel ausbreitete und sie so begleitete. Das war ein wunderschönes, friedliches Bild. Denisa ließ ihr Buch sinken und nahm es in ihre Hand. Die Farben, die Mia gewählt hatte, passten harmonisch zusammen, und durch das Vermalen mit Wasser wirkten sie weich und sanft. Der Engel hatte menschenähnliche Gestalt, jedoch waren das Wichtigste an ihm seine schönen, eleganten Flügel. Mia hatte sie so gezeichnet, dass die einzelnen Federn angedeutet waren. Denisa fand das Bild so schön, dass sie ihren Blick nicht davon abwenden wollte. Es berührte sie tief.

„Das ist wunderschön", sagte sie schließlich. Mia wischte sich die Finger an einem Taschentuch ab und lächelte.

„Ein Schutzengel für dich", erwiderte sie und strich Denisa über das Bein.

„So stelle ich mir Engel vor. Wie Wesen, die immer bei uns sind und uns liebevoll begleiten durch unser Leben."

Dann lachte sie plötzlich auf und deutete auf die Flechtkiste an der Wand.

„Und nicht wie dieser fette Engel da. Der sieht ja aus wie ein adipöses Kind!"

KAPITEL ZEHN

Ein paar Tage vergingen ohne besondere Ereignisse. Denisa war überrascht, wie gut sie es nun doch schaffte, das ganze Haus Stück für Stück durchzusehen, die ganzen Dinge ihrer Oma in die Hände zu nehmen und zu überlegen, was sie davon behalten wollte. Zwei ihrer Kisten waren schon gefüllt mit Büchern, zwei Vasen und Omas Kristallglasschale, die Denisa immer geliebt hatte, weil sich das Licht so schön in ihr brach. Bei den kleinen Kristallschälchen versuchte sie, sich zurückzuhalten. Sie konnte nicht so viel von dem Geschirr mitnehmen, dafür war ihre Wohnung zu klein. Auch von den großen bemalten Schmucktellern musste sie einen auswählen.

Jedes Mal, wenn sie eine solche Entscheidung getroffen hatte, spürte sie einen Funken Stolz in sich. Doch in den Nächten träumte sie unzählige Male von dem Haus und den Dingen, die sie aussortiert hatte. Und sie träumte auch von Dingen, die gar nicht existierten. Von sinnlosen Gegenständen, die sie im Traum unbedingt behalten wollte, und von Porzellanfiguren und silbernen Löffeln, die ihre Oma niemals besessen hatte. Sie sah diese Dinge in ihren Träumen zum Anfassen deutlich vor sich, bevor sie ihr dann aus irgendeinem Grund entglitten. Jedes Mal.

Mia war ihr eine große Hilfe. Sie zerriss tonnenweise persönliche Briefe und Dokumente, die die Entrümpler nicht in die Finger bekommen sollten. Zusammen fuhren sie zur Caritas, um dort gut erhaltene Kleider, Wandbilder und andere wertvollere Dinge abzugeben. Die Mitarbeiter dort würden von dem Erlös Menschen in Armut unterstützen. Das erschien Denisa sehr passend, denn ihre Oma hätte sich bestimmt darüber gefreut. Und Denisa hatte weder Zeit noch Kraft, um die Sachen selbst zu verkaufen.

Als sie gerade dabei war, sich das Schlafzimmer ihrer Oma vorzunehmen, machte sie eine wunderbare Entdeckung. Der Bettkasten war gefüllt mit Tisch- und Wolldecken, die sie nicht wirklich brauchen konnte, aber ganz hinten spürte Denisa beim Hineingreifen etwas Hartes. Vorsichtig tastete sie weiter, bis sie einen Griff zu fassen bekam. Es war der Geigenkoffer ihres Opas! Denisa hatte gar nicht gewusst, dass er noch existierte!

Sie spürte, wie freudige Aufregung sich in ihr breitmachte. Als Kind hätte sie so gerne gelernt, wie man die Geige spielte. Das Instrument hatte sie schon früh fasziniert. Aber nie hatte sie es anfassen dürfen, erst recht nicht, nachdem ihr Opa gestorben war. Sie erinnerte sich gut daran, dass sie immer wieder wütend und enttäuscht gewesen war, weil ihre Oma ihr das Instrument nicht hatte geben wollen. Die hatte es versteckt und verwahrt, obwohl sie es selbst gar nicht spielen konnte.

‚Warum hast du das gemacht?‘, ging es Denisa nun durch den Kopf. Wahrscheinlich würde sie ihre Oma in diesem Punkt nie verstehen können, und so verspürte sie fast etwas wie Triumph, als sie nun den Geigenkoffer aus dem Bettkasten zog. Außen war er etwas vergilbt und das Leder rissig geworden, aber der seidene Stoff im Inneren glänzte, als wäre er neu. Und der typische Geruch, der von ihm und der Geige ausging, versetzte Denisa mit einem Satz in ihre Kindheit zurück, dahin, wie sie ehrfürchtig neben dem Koffer gesessen hatte, während ihr Opa die Geige spielte. Der Duft von Kolophonium... Da war sie also doch, eine Erinnerung an ihren Opa. Lange war sie vergraben gewesen.

Das Holz der Violine glänzte edel, und es fühlte sich wunderbar glatt an, wenn sie mit den Fingerspitzen darüber strich. Vorsichtig nahm Denisa sie aus dem Koffer. Wie leicht sie war!

Mit den Fingerkuppen zupfte sie an den Saiten. Sicher waren sie nach der langen Zeit im Bettkasten sehr verstimmt, aber ihr gefiel der Klang trotzdem. Es reizte sie sehr, den Bogen in die Hand zu nehmen und einfach draufloszuspielen. Gerade, als sie die Saiten unter dem Bogen vorsichtig zum Erklingen brachte, hörte sie Mias Schritte auf der Treppe.

„Denisa! Moritz ist grad wieder reingekommen. Soll ich ihm Futter geben?"

Im Türrahmen hielt Mia inne, die Dose mit dem Trockenfutter in der Hand. Moritz folgte ihr.

„Oh wow!", rief sie aus, als sie Denisa mit der Geige erblickte. „Kannst du die spielen?"

Denisa schüttelte den Kopf und ließ das Instrument sinken.

„Leider nicht. Ich hätte es so gerne gelernt als Kind."

Etwas schwermütig legte sie die Geige zurück in den Koffer und deckte sie mit dem Seidentuch zu.

„Aber ich durfte sie nie anfassen. Sie gehörte meinem Opa."

Moritz maunzte laut und berührte mit seiner Pfote Mias Bein. Die nahm ein paar Brocken Futter aus der Dose und warf sie ihm auf den Boden.

„Naja", meinte sie dann leichthin, „jetzt kann es dir niemand mehr verbieten, oder?"

Das war wahr, und doch sehnte Denisa sich fast ein wenig nach der warnenden Stimme ihrer Oma, mit der sie oft gesagt hatte: ‚Das ist nichts für Kinder!' Damals jedoch hatte Denisa sich so darüber geärgert...

Sie schloss den Koffer sorgfältig und schob ihn zu den Dingen, die sie sonst noch aus dem Schlafzimmer behalten wollte. Omas Morgenmantel, ihre Schmuckschatulle und ein paar kleine Gegenstände. Besonders wichtig war ihr das kleine eiserne Wandkreuz, das über dem Bett ihrer Oma gehangen hatte. Das wollte sie unbedingt behalten, weil es für ihre Oma sehr wichtig gewesen war. Mia stand noch immer in der Tür und beobachtete sie versonnen.

„Dein Handy hat vorhin geklingelt", meinte sie beiläufig, während ihre Hand den feinen Stoff des hellblauen Morgenmantels streichelte.

Wer konnte das gewesen sein? Seit Tagen hatte Denisa mit niemandem außer mit Mia gesprochen, und sie verspürte nicht viel Lust, etwas daran zu ändern. Dennoch ging sie in die Küche, um auf ihr Handy zu sehen. Sie kannte die angezeigte Nummer nicht, und sie hatte auch keine Idee, wer das gewesen sein könnte. Es blieb ihr also nichts anderes übrig, als die Nummer zurückzurufen, um ihre Neugier zu befriedigen. Doch im gleichen Moment, in dem sie den Namen des Anrufers hörte, wünschte sie sich, sie hätte es bleiben lassen. Bestattungsunternehmer Kirchner. Er grüßte sie freundlich und erkundigte sich nach ihrem Befinden. Da sie nur karg antwortete, kam er gleich zur Sache:

„Ich kann Ihnen nun die genaue Uhrzeit für die Urnenbestattung nennen..."

Eiskalte Schauer liefen Denisa durch den ganzen Körper, und sie hatte das Gefühl, dass ihr Herz etwas zu lange aussetzte. Nur mit Mühe schaffte sie es, sich zu bedanken und aufzulegen, woraufhin sie mit zitternder Hand das Telefon auf den Küchentisch legte.

Nun war es also soweit. Nun lag er also fest, der Zeitpunkt, vor dem sie sich so gefürchtet hatte. Der endgültige Abschied.

Denisas Beine fühlten sich unsicher an, so als könnten sie jeden Moment versagen. Haltsuchend griff sie nach der Kante des Küchentisches. In zwei Tagen sollte die Bestattung stattfinden. In zwei Tagen würde das, was von Oma übrig geblieben war, in der eisigen Erde vergraben werden. Denisa sah ihre Oma so lebhaft vor sich, und sie konnte sich einfach nicht vorstellen, dass eine kleine Urne alles sein sollte, was von ihr blieb. Wie sollte sie selbst diesen Gedanken ertragen? Wie sollte sie es ertragen, diese Urne zu sehen?

Denisa schrak zusammen, als Moritz ihr Bein berührte. Er maunzte und sah erwartungsvoll zu ihr hoch. Mia trat nun ebenfalls in die Küche und gab ein wenig von dem Katzenfutter in den Napf vor Moritz, der sofort zu fressen begann. Von der Seite sah sie Denisa an.

„Ist alles in Ordnung?", fragte sie und berührte ihre Hand. Und da konnte Denisa sich nicht mehr beherrschen und begann hemmungslos zu schluchzen. Sie hatte keine Kraft mehr, sich zu beherrschen.

Mia sagte nichts. Sie stand nur neben Denisa und hielt ihre Hand. Vielleicht wusste sie nicht, was sie machen sollte. Irgendwann legte sie jedoch vorsichtig den Arm um Denisas Schultern und führte sie ins Wohnzimmer zum Sofa. Der Raum war erfüllt vom Duft des Tannenbaumes und der Kerzen, die auf dem Tisch am Adventskranz standen. Letzte Glutreste flackerten im Kamin. So wunderbar weihnachtlich und gemütlich war es hier und so ein fürchterlicher Kontrast zu den Gefühlen, die in Denisa tobten. Das Licht des Tages war draußen fast verschwunden. Mia ging zu dem großen Fenster, um den Vorhang zuzuziehen. Dann setzte sie sich neben Denisa auf das Sofa und starrte still in die tanzende Glut im Kamin, während Denisa sich wieder und wieder die Nase putzte. Geduldig wartete sie, bis Denisa fertig war, um sich dann nahe zu ihr zu setzen und den Arm um sie zu legen. Sie sprach nicht, und so ließ Denisa sich nur von ihren Atemzügen wiegen, während sie versuchte, sich wieder unter Kontrolle zu bekommen.

„Übermorgen ist die Urnenbestattung", presste sie schließlich hervor, als die Tränen etwas verebbt waren.

Mia erwiderte nichts. Ihre Augen sahen Denisa lange an, dann wische sie ihr mit dem Ärmel ihres Pullovers die Tränen von den Wangen.

„Ich werde mit dir hingehen, wenn du das möchtest", sagte sie schließlich, und zu ihrer Überraschung sah Denisa, dass Mia ein paarmal schluckte, so als kämpfte auch sie mit den Tränen.

KAPITEL ELF

Es war ein fast milder Tag, auch wenn ein kalter Wind ging. Der Schnee lag schwer und nass auf den Wegen und den Feldern und ließ die Zweige der Bäume tief hängen. Hin und wieder löste sich ein Stück Schnee und fiel klatschend zu Boden oder auf das Dach von Denisas Wagen.

Die beiden Frauen fuhren schweigend die Straße zum Dorf entlang, die sich zwischen den Feldern hindurchschlängelte. Der Rock spannte um Denisas Beine, die Stiefel passten nicht wirklich dazu. Aber sie hatte nichts Besseres gehabt, und es war ihr auch irgendwie egal. Oder anders gesagt: sie hatte keine Kraft, sich darüber Gedanken zu machen.

Mia trug ihre Jeans und einen Pullover von Denisa. Auch sie war nicht wirklich passend für eine Bestattung gekleidet, aber irgendwie glaubte Denisa, dass dies nun ohnehin unbedeutend war für ihre Oma, und somit auch für sie selbst. Wahrscheinlich würden sie ohnehin die einzigen Trauergäste sein, nachdem die offizielle Trauerfeier bereits stattgefunden hatte.

Der Friedhof war fast leer. Nur eine ältere Dame ging auf dem Weg entlang, in der Hand einen Topf mit Heidekraut. Ihr Blick war auf den Boden gerichtet, und so nahm niemand von den beiden Frauen Notiz, wie auch sie entlang der Gräberreihen gingen, bis sie schließlich vor einem Grabstein stehenblieben. Es war ein beigegrauer Stein, auf dessen rauer Oberfläche einiges an Moos und Flechten wuchs. Bei dem Anblick seufzte Denisa und schüttelte den Kopf, denn egal, wie viel Oma immer darauf herumgeschrubbt hatte, der schmutzige Schimmer war nie verschwunden. In den

Stein waren zwei Namen eingraviert und daneben die Lebensdaten. Herbert und Britta Sievert, Denisas Opa und ihre Mutter.

Am Rand, knapp vor dem Stein, war ein kleines Loch ausgehoben, welches für die Urne bestimmt war. Die Pflanzen auf dem Grab, ein kleiner Nadelbaum und Stiefmütterchen, sahen schon reichlich verkümmert aus. Zwar hatte Oma das Grab immer schön gepflegt, aber seit ihrem Tod hatte sich niemand mehr gekümmert. Ein wenig schämte Denisa sich deswegen. Sie bückte sich und zupfte ziellos ein paar der verwelkten Blüten herunter, aber viel half es nicht. Sie musste noch einmal wiederkommen und die alten Blühpflanzen entsorgen. Für heute hatte sie nur den Strauß weißer Rosen. Die letzten Rosen für ihre Oma…

Sie hatte ihn nicht kommen hören. Auf einmal stand der Mann vom Bestattungsinstitut, Herr Kirchner, neben ihnen und begrüßte sie freundlich. Ohne zu zögern, gab er auch Mia die Hand.

„Wollen wir beginnen?", fragte er und wies in Richtung Aussegnungshalle. Dort war auf einem kleinen, blumengeschmückten Wagen die hölzerne Urne aufgestellt. Daneben stand der Kranz, den Denisa hatte anfertigen lassen. Mit Stechpalmenzweigen darin und weißen und roten Rosen, dazu ein paar silberne Kugeln. In den Farben des Weihnachtsfestes hatte sie ihn haben wollen, als Gegensatz zu dem Grau des Todes. Er war schön geworden.

Gleich nach ihnen betrat der Pfarrer der Gemeinde den Raum, der auch schon bei der Trauerfeier dabei gewesen war und Oma gut gekannt hatte. Zu Lebzeiten hatte sie schon verfügt, wie die Zeremonie ablaufen sollte und welche Texte sie sich wünschte. Denisa hatte sich um nichts kümmern müssen, und dafür war sie dankbar gewesen. Aber als sie jetzt hörte, wie der Pfarrer die biblischen Texte und Segenssprüche herunterbetete, da wünschte sie sich fast, er würde es lassen. So wenig berührten sie diese Phrasen, auch wenn sie sicher gut gemeint waren. Denisa fühlte sich, als befände sie sich in einem Theaterstück, das mit ihr selbst überhaupt nichts zu tun hatte. Andererseits war sie froh, dass sie so wenigstens nicht weinen musste. Erst als der Pfarrer ein paar persönliche Worte über ihre Oma sprach, über ihr Leben und ihr Wirken in der Gemeinde, da wurde Denisa in die Realität zurückgezerrt. Kein Theater mehr. Dies war die Wirklichkeit, die Rückschau auf ein gelebtes Leben. Das Leben ihrer Oma, das ihr so vertraut war.

Mit schmerzender Kehle verharrte sie starr neben Mia auf der Kirchenbank, unfähig, die Worte mitzusprechen, die von der Trauergemeinde kamen. Erst nach und nach wurde sie sich dessen bewusst, dass außer Mia, dem Pfarrer und ihr noch ein paar Menschen mit im Raum waren. Und als ein Sargträger den Raum betrat, um die kleine Urne zu ihrer letzten Ruhestätte zu tragen, da konnte Denisa im Aufstehen einen kurzen Blick nach hinten werfen. Dort standen ein paar ältere Damen, die ihr vom Sehen her bekannt vorkamen. Nur die alte Frau Meiser und Frau Beschl kannte sie gut. Sie waren sehr aktiv in der Gemeinde, und Denisa hatte sie in der Zeit, als sie noch bei ihrer Oma gewohnt hatte, oft gesehen. Mit Frau Beschl hatte ihre Oma sogar zweimal an Urlaubsreisen teilgenommen, die von der Gemeinde aus organisiert worden waren. Denisa sandte einen kurzen Blick und ein Nicken des Erkennens zu den beiden Damen hinüber. Zu mehr fühlte sie sich nicht in der Lage. Am liebsten wäre sie ganz alleine gewesen mit Mia.

Es war keine weite Entfernung zu dem offenen Grab. Nach ein paar weiteren Worten des Pfarrers wurde die kleine Urne an zwei Seilen in das Loch hinabgelassen. Als Denisa schließlich davortrat, um einen letzten Blick darauf zu werfen, da spürte sie kaum ihre Füße auf dem kalten Boden, und alles drehte sich in ihrem Kopf. Sie zwang sich, einen Moment vor dem Grab zu verweilen, um den Anschein zu erwecken, sie würde sich verabschieden. Tatsächlich wusste sie gar nicht, wie sie das machen sollte. Was sollte sie im Stillen ihrer Oma sagen? Was konnte sie ihr jetzt noch sagen, was sie ihr nicht schon wieder und wieder gesagt hatte? Es kam ihr absurd vor, hier letzte Worte zu finden. Gleichzeitig rief eine andere Stimme in ihrem Kopf:

‚Sieh genau hin! Das ist das letzte Mal, dass du etwas von ihr siehst. Das ist das letzte Mal…‘ Mit eiskalten Fingern nahm sie etwas von der Erde und streute sie auf die Urne. Dann stellte sie ihre Rosen in die Vase neben dem Grab. Sie hoffte, dass sie beim Wiederaufrichten nicht schwankte.

Und dann war es vorbei. Einfach so. Der Pfarrer schüttelte ihr die Hand und verabschiedete sich. Ebenso kamen die beiden älteren Damen zu Denisa, um ihr Beileid auszusprechen. Mia stand hinter ihr, und Denisa war froh darüber, froh über den Rückhalt, den sie dadurch verspürte. Auch der Herr vom Bestattungsinstitut trat noch einmal zu ihnen. Er reichte Denisa eine Mappe mit Unterlagen und verabschiedete sich dann ebenfalls.

Dann waren sie alleine. Ein kalter Wind blies und ließ Denisa wieder und wieder frösteln. Als sie sich langsam zu Mia umdrehte, stockte sie in ihrer Bewegung, denn sie sah, dass Mias Gesicht von Tränen geflutet war. Ganz lautlos hatte ihre neue Freundin die ganze Zeit hinter ihr gestanden, und Denisa hatte nicht bemerkt, wie sie zu weinen begonnen hatte. Sie wusste nicht recht, was sie sagen sollte, schließlich war es doch sie, die hier in Tränen zusammenbrechen müsste! Mia fummelte ein Taschentuch aus ihrer Jackentasche und putzte sich die Nase. Dann trat sie vor das Grab und sah eine Weile auf die Urne hinunter. Als Denisa sich neben sie stellte, sah Mia hoch.

„Entschuldige," sagte sie leise. Ihr Atem hinterließ kleine Wölkchen in der Luft.

„Das ist so traurig."

Mehr sagte sie nicht. Sie schnäuzte sich nur erneut. Was war los? Hatte sie die Beerdigung an etwas erinnert? An ihre tote Freundin vielleicht? Wie hieß die noch mal...? Denisa traute sich nicht zu fragen, weil sie Angst davor hatte, was diese Frage in Mia auslösen könnte. Stattdessen nahm sie einfach nur ihre Hand und unterdrückte ihre Fragen. Doch Mia sprach von sich aus weiter:

„Sie fehlen mir so," sagte sie leise, und nach einem flüchtigen Blick zu Denisa fügte sie hinzu: „meine Eltern."

Und dann nach einer kurzen Pause: „Meinst du, ich sollte sie anrufen?"

Denisa wusste zunächst nicht, was sie antworten sollte, und sie fühlte sich von Mias Frage etwas überrumpelt. Seit ihrer kleinen Auseinandersetzung hatte Mia ihre Eltern nicht mehr erwähnt. Und Denisa war so von ihrer eigenen Trauer vereinnahmt gewesen, dass sie sich darüber keine Gedanken mehr gemacht hatte. Was sollte sie Mia sagen? Woher sollte sie jetzt wissen, was das Richtige war?

„Ich glaube, wenn sie dir fehlen, solltest du das machen", antwortete sie schließlich und hoffte, dass sie die richtigen Worte gewählt hatte. Mia sah wieder auf die Urne unter ihnen und atmete ein paarmal zitternd ein und aus. Dann sagte sie so leise, dass Denisa es kaum hörte: „Ich weiß nicht, ob ich es schaffe."

Denisa suchte in ihrem Kopf nach weiteren Worten, die sie sagen konnte. Nach Worten der Ermunterung. Doch Mia schaute sie auf einmal an und wechselte ganz unvermittelt das Thema: „Was möchtest du jetzt machen?"

Wieder eine Frage, auf die Denisa keine Antwort wusste. Was wollte sie machen? Was machte man, wenn man gerade einen geliebten Menschen beerdigt hatte? Sie spürte wieder den kalten Wind an ihrem Kopf und die eisige Kälte, die durch ihre Stiefel zog. Diese elende Kälte...

„Ich möchte irgendwohin, wo es warm ist", erwiderte sie ohne weiter nachzudenken. Mia nickte und rieb sich die Hände.

„Du hast Recht. Lass uns in die Sauna gehen, das wird dir guttun."

Denisa glaubte erst, sich verhört zu haben. In die Sauna gehen? Am Beerdigungstag ihrer Oma? Durfte man das denn machen? Sie hoffte, dass ihre Stimme nicht zu empört klang, als sie den Gedanken aussprach.

„Es bringt doch deiner Oma auch nichts, wenn du dich hier totfrierst", entgegnete Mia nur. Da musste Denisa ihr zustimmen. Und sie musste ihr auch darin zustimmen, dass ihr die Wärme jetzt echt guttun würde. Vor Jahren war sie mit David mal in einer Sauna gewesen, und das hatte ihr sehr gut gefallen. Gab es nicht im übernächsten Ort ein Schwimmbad? Vielleicht hatte das ja auch eine Sauna.

„Okay", sagte sie und zog den Autoschlüssel aus ihrer Tasche.

Die Fahrt dauerte etwa eine Dreiviertelstunde. Das Navi hatte das Schwimmbad sogar eingespeichert, und so mussten sie nicht lange suchen. Auf dem Parkplatz war wenig los, schließlich war es gerade mal Mittag und noch dazu unter der Woche. Dafür war Denisa dankbar, denn sie wollte jetzt nicht viele Menschen um sich haben. Handtücher und Bademäntel konnten sie an der Kasse ausleihen. Denisa kaufte gleich zwei Tagestickets. Schon im Umkleidebereich roch es angenehm. Sie konnte nicht einordnen, nach was. Ein wenig nach Zitrusfrüchten, aber auch nach etwas, das sie an Nadelwälder erinnerte.

„Ich finde, es riecht nach Kiefernnadeln", meinte Mia. Wunderbar waren dieser Duft und die warme Luft, von der er getragen wurde. Die beiden Frauen entledigten sich ihrer Kleider und schlüpften in die weichen Bademäntel. Badeschlappen hatten sie keine, doch nur der Flur bis zu den Duschen war mit kalten Fliesen bedeckt. Dahinter war der Boden ebenso wohltuend warm wie die Luft. Es war kein großer Saunabereich, vier einzelne Saunen waren im Kreis in einem Raum angeordnet, in dessen Mitte sich ein Whirlpool befand. Durch eine Tür konnte man nach draußen ins Freie gehen, doch Mia und Denisa genügte es, durch die große Scheibe auf den Gartenbereich zu blicken. Sie verspürten kein Verlangen danach, nach draußen zu gehen, zumal dort nun einzelne Schneeflocken vom Himmel fielen. Stattdessen gingen sie in die 60°-Sauna und legten sich dort auf die Bänke. Außer ihnen war nur eine andere Frau mit im Raum. Leise Musik spielte im Hintergrund. Das schwache, warme Licht und die schöne Farbe des Holzes erzeugten eine wohlige Atmosphäre, von der sich Denisa auf wunderbare Weise erfüllt fühlte. Die heiße Luft auf ihrer Haut brannte wohltuend. Es war ein rundum tolles Gefühl.

Mia lag eine Bank über Denisa auf dem Rücken, die Augen geschlossen. Als die andere Frau schließlich aufstand und den Raum verließ, ließ Mia ihre Hand zu Denisa hinuntergleiten und berührte sie an der Hüfte.

„Wie geht es dir?", flüsterte sie. Ihre Finger strichen sachte über Denisas Haut, und trotz der Wärme der Sauna lösten sie eine Gänsehaut aus. Denisa warf einen flüchtigen Blick zur Tür, aber es war kein Mensch durch das kleine Glasfenster zu sehen. Sie waren unter sich, niemand konnte sie beobachten. Alleine der Gedanke löste bei ihr ein Kribbeln in der Magengegend aus.

„Besser", antwortete sie und streckte sich. Und nach einer Pause fügte sie hinzu: „Das war eine gute Idee von dir."

Auf einmal wirkte die Beerdigung schon viel weiter weg, obwohl noch keine zwei Stunden vergangen waren, seitdem sie den Friedhof verlassen hatten. Es kam ihr alles auf einmal so unwirklich vor.

‚Ich sollte um Oma trauern und nicht hier liegen', schoss ihr kurz das schlechte Gewissen durch den Kopf. Doch im nächsten Augenblick spürte sie wieder Mias Hand, die sie streichelte, immer wieder. So gerne wollte sie sich einfach nur dieser schönen Berührung hingeben und der Atmosphäre, in der sie beide fast zu schweben schienen. Am liebsten wollte sie einfach nur für ewig hier liegen bleiben. Doch allmählich spürte sie, wie ihr von der zunehmenden Hitze in ihrem Körper etwas schwindelig wurde. Außerdem hatte sie mit einem Mal ein riesiges Verlangen nach Wasser. Vorsichtig richtete sie sich deshalb auf und wartete bis sich das Schwindelgefühl gelegt hatte. Nach einem flüchtigen Blick zur Tür küsste sie Mia auf den Bauch.

„Lass uns nach draußen gehen", flüsterte sie, „ich muss etwas trinken."

Sie verließen die Sauna und gingen zu dem Bereich, in dem die Duschen waren. Auch hier war kein Mensch. Im Vorbeigehen hatten sie nur zwei oder drei Personen im Ruheraum gesehen. Denisa ließ das lauwarme Wasser über ihren erhitzten Körper fließen, und ein paar Mal öffnete sie den Mund, um einen großen Schluck zu trinken. Aus dem Augenwinkel konnte sie Mia sehen, die unter der Dusche neben ihr stand. Sie hatte die Augen geschlossen, während das Wasser auf ihr Gesicht plätscherte, um dann weiter hinab über ihren Busen und ihren Bauch zu Boden zu fließen. Ihre Haut glänzte unter dem Wasserfilm, und Denisa musste unwillkürlich an ihr erstes Bad zu zweit zurückdenken.

Sie schaltete die Dusche, unter der sie stand, aus und näherte sich Mia. Die öffnete die Augen und machte etwas Platz unter dem Wasserstrahl, als Denisa sich zu ihr stellte. Etwas zurückhaltend erwiderte sie den Kuss, den Denisa ihr gab, aber als Denisa die Hände hob, um Mias Brüste zu streicheln, da wich sie zurück.

„Bitte nicht jetzt", sagte sie leise, „mir ist gerade nicht danach."

Denisa wusste nicht, wie sie reagieren sollte und ließ nur ihre Hände wieder sinken. Sie fühlte sich vor den Kopf gestoßen. Sonst war Mia doch immer diejenige, die einfach machte, was ihr gefiel! War es ihr peinlich, oder hatte sie Angst, gesehen zu werden? Mia schaltete das Wasser der Dusche ab und wickelte sich in ihr Handtuch. Als Denisa sich nicht rührte, sah sie auf.

„Du bist jetzt nicht sauer, oder?", fragte sie. Da sie noch immer nicht wusste, was sie sagen sollte, zuckte Denisa nur mit den Schultern. War sie sauer? Sie wusste es nicht. Enttäuscht... ja. Sie hatte so gar nicht mit einer Zurückweisung gerechnet. Auf einmal fühlte sie sich ganz kraftlos. Wortlos schüttelte sie den Kopf und nahm ebenfalls ihr Handtuch. Sie folgte Mia hinaus aus dem Duschraum bis hin zu dem Whirlpool, in den sie beide stiegen. Das Wasser war herrlich warm, aber Denisa nahm es gar nicht richtig wahr. Auf einmal fühlte sie sich so traurig, dass ihre Brust ganz eng zu sein schien. So, als würden die Gefühle von der Beerdigung heute Vormittag nun mit voller Gewalt wieder über sie hereinbrechen.

Was war mit Mia? War sie traurig? Sie hatte zuvor so eine Niedergeschlagenheit gezeigt dort an Omas Grab, so hatte Denisa sie noch nie erlebt. Wobei, doch... nach ihrem Streit vor ein paar Tagen, erinnerte sich Denisa jetzt, da hatte sie auch geweint. Vielleicht hatte Denisa das bis jetzt verdrängt gehabt, so gefangen in ihrer eigenen Trauer, wie sie war. War sie zu egoistisch gewesen?

Als sie jetzt zu Mia hinüberschielte, bemerkte sie, dass die sie beobachtet hatte. Was dachte ihre neue Freundin? Denisa zwang sich, sie richtig anzusehen.

„Ist alles okay?", fragte sie, ohne selbst zu wissen, worauf ihre Frage genau abzielte. Wollte sie wissen, wie es Mia ging? Oder wie es zwischen ihnen beiden stand? Irgendwie wohl beides. Mia zögerte mit ihrer Antwort und beobachtete, wie ein älterer Herr zu ihnen in den Whirlpool stieg und sich umständlich setzte.

„Ich bin einfach nur etwas traurig", sagte sie schließlich und erwiderte Denisas Blick.

„Das hat nichts mit dir zu tun. Die Atmosphäre auf dem Friedhof hat mir irgendwie klargemacht, wie schnell es zu spät sein kann."

Sie sprach nicht weiter. Sie sagte nicht, für was es zu spät sein konnte, und Denisa wagte nicht zu fragen. Auch, weil sie in sich wieder ihre eigenen Tränen aufsteigen spürte. Zu spät war es auch für sie. Zu spät, um Zeit mit ihrer Oma zu verbringen. Zu spät, um mit ihr Weihnachten zu feiern und zu spät, um ihr zu sagen, wie sehr sie sie liebte. Denisa biss sich auf die Zunge, um nicht loszuheulen. Für was war es für Mia zu spät? Oder war es das noch gar nicht? Wieso war es so schwer für sie, mit ihren Eltern zu sprechen? Was konnte es geben, das zwischen ihnen stand?

Sie erinnerte sich daran, wie sie Mia kennengelernt hatte. Das war noch nicht lange her, und doch war Mia schon mehr als einmal Quelle des Trostes für sie gewesen. Denisa wollte dasselbe auch gerne für Mia tun. Sie wollte ihr gerne etwas davon zurückgeben. Aber wie?

„Ich könnte bei dir sein, wenn du deine Eltern anrufst", hörte sie sich auf einmal ihren nächsten Gedanken aussprechen. Mia blickte sie überrascht an. Sie erwiderte nichts, doch auf einmal spürte Denisa, wie Mia, unsichtbar für alle anderen, unter dem sprudelnden Wasser ihre Hand ergriff.

KAPITEL ZWÖLF

Die hölzerne Treppe des Hauses sah aus wie immer. Bilderrahmen mit Familienfotos schmückten die Wände über ihr seit Jahrzehnten. Denisa stand im Türrahmen ihres Zimmers und betrachtete sie, als sie auf einmal das knarzende Geräusch hörte, das die Treppe machte, sobald man sie betrat. Sie blickte in Richtung Erdgeschoss hinunter, und dort stand ihre geliebte Oma! Sie trug einen Wäschekorb, und sie sah jung aus. So, wie sie ausgesehen hatte, als Denisa ein Kind gewesen war. Das musste eine Erscheinung sein!

Denisa konnte sich nicht rühren, sie fühlte sich wie gelähmt, deshalb beobachtete sie nur, wie ihre Oma langsam die Treppe hinaufkam. Und mit jedem Schritt, den sie tat, wurde ihr Gesicht älter und älter, bis sie schließlich vor Denisa stand und so aussah wie in den letzten Wochen vor ihrem Tod. Denisa spürte, wie sie Panik ergriff. Schlagartig wurde ihr bewusst, dass ihre geliebte Oma tot war. Und zugleich stand sie hier vor ihr und sah sie an, ohne ein Wort zu sagen! Ihr Blick war liebevoll, und Denisa wurde auf einmal bewusst, dass dies ein Abschied war. Ein unabwendbarer Abschied.

Denisa wollte sie festhalten, etwas sagen, damit sie blieb, aber ihre Oma schien den Entschluss bereits lange gefasst zu haben. Und auf einmal fiel jeder Wille von Denisa ab.

„Aber wir sehen uns doch irgendwie wieder?", fragte sie leise und hob ihre Hand. Ihre Oma antwortete nicht. Sie lächelte auf einmal, wurde dann immer durchsichtiger und verschwand schließlich lautlos. Zurück blieb Denisa alleine. Ohne Wünsche, ohne Gefühle, in ihrer puren Existenz.

117

Als sie die Augen aufschlug, war es dunkel um sie herum. Reglos lag sie in ihrem Bett. Sie wollte sich nicht bewegen, denn sie wollte nicht, dass dieses Gefühl verschwand, das der Traum hinterlassen hatte. Es war ruhig und irgendwie friedlich. So intensiv war das Bild von ihrer Oma gewesen. So deutlich hatte sie ihre Gegenwart gespürt! Was hatte das zu bedeuten?

Mia war schon in der Küche und setzte Wasser auf, als Denisa nach unten kam. Sie begrüßten sich mit einem kurzen Kuss.

„Was für einen Tee möchtest du?" Mia hatte den Schrank geöffnet und holte ein paar Packungen hervor. Denisa nahm indes das Brot aus dem Kühlschrank. Rechten Hunger hatte sie nicht, aber diese routinierte Bewegung beruhigte sie irgendwie. Sie fühlte sich noch durchdrungen von den Empfindungen, die der Traum hinterlassen hatte.

„Such` du etwas aus", antwortete sie auf Mias Frage. Dann spürte sie, wie Mia von hinten die Arme um sie legte und sie an sich zog. Mit ihren Lippen strich sie über Denisas Hals.

„Hast du gut geschlafen?", fragte sie. Hatte sie bemerkt, wie aufgewühlt Denisa war? Wie sehr sie die Erinnerungen an die Nacht beschäftigten?

Das Wasser im Kocher begann zu zischen, aber Mia löste ihre Umarmung nicht. Ihre Nähe brachte etwas Ruhe in Denisa. Sollte sie Mia von dem Traum erzählen? Auf der einen Seite hätte sie dieses Erlebnis gerne mit ihrer Freundin geteilt, doch auf der anderen Seite fürchtete sie, dass es seinen Zauber verlieren könnte, wenn sie darüber sprach. Es war irgendwie etwas sehr Inniges und Intimes für sie. Deshalb zögerte sie, bis sie schließlich antwortete:

„Ich hatte einen sehr merkwürdigen Traum."

Während sie das sagte, dachte sie gleich, dass der Traum Mia womöglich gar nicht merkwürdig erscheinen würde, wenn sie ihn ihr erzählte, denn die Handlung selber war nicht das Merkwürdige daran. Vielmehr waren es die tiefen Gefühle, die sie dabei gehabt hatte, und Denisa bezweifelte, dass es ihr gelingen würde, diese in geeignete Worte zu fassen. Mia sagte nichts. Sie hielt Denisa weiter fest, ihr Kinn ruhte auf ihrer Schulter, als wartete sie darauf, dass die Freundin weitersprach. Da das nicht geschah, richtete sie sich langsam auf. Sie strich über Denisas Haare, die offen herabhingen, noch ungekämmt.

„War er denn schön?", fragte sie dann unvermittelt, während sie sich abwandte, um das Wasser in die Teekanne zu gießen. Es fiel Denisa nicht schwer, zu bejahen. Schön war der Traum wirklich gewesen. Mia lächelte sie an und gab ihr einen Kuss.

„Dann wäre ich gerne dabei gewesen", schmunzelte sie. Sie frühstückten nur kurz. Es war schon fast elf Uhr, und sie wollten noch in den Ort, um ein paar Lebensmittel für den Abend zu besorgen. Denisa hatte beschlossen, Lasagne zu machen, und als Nachtisch eine Crème brûlée. Dafür brauchte sie noch einige Zutaten.

Fast wünschte sie sich die tief verschneiten Wintertage zurück, denn das matschig-milde Wetter stimmte sie traurig. Es war wie ein weiterer Abschied von etwas, das sie liebgewonnen hatte. Und dabei war doch heute Heiligabend! Der Tag, den sie so gerne mochte, den sie im Andenken an ihre Oma verbringen wollte.

Doch seit dem Tag der Beerdigung hatte sich Vieles verändert. Ihre Gefühle hatten sich verändert. Da war nun nicht mehr nur der Schmerz der tiefen Verzweiflung, hinzu hatte sich Wut gepaart. Die Beerdigung hatte einen gnadenlosen Schlussstrich gezogen unter das kindliche Hoffen, dass irgendwie alles wieder gut werden konnte. Sie hatte Kälte zurückgelassen und Leere. Mias Anwesenheit war ein Segen und Trost in diesen Tagen, und Denisa war dankbar dafür. Aber auch sie war ein

Zeichen dafür, dass etwas Neues etwas Altes in Denisa ablöste. So sehr sie sich auch innerlich wehrte, sie kam nicht dagegen an. Und immer häufiger entdeckte sie auch in Mia diese Traurigkeit wieder, die sie an der Beerdigung und danach gezeigt hatte.

‚Ich muss sie wirklich danach fragen', dachte Denisa jetzt, während sie schweigend nebeneinander im Auto saßen.

Draußen nieselte es feine Regetropfen, die vom Wind umhergewirbelt wurden. Einzelne Raben hatten sich auf den Bäumen zusammengekauert, um sich vor den fast stürmischen Böen zu schützen. Mia wippte mit dem Fuß im Takt der Musik, die im Radio lief. Sie trug nun wieder ihre eigenen Kleider, die sie bei ihrem Kennenlernen angehabt hatte. Im Ort angekommen, fuhren sie zuerst zu den Müllcontainern und entsorgten einiges an Glas und Dosen, das sich angesammelt hatte. Der Obst- und Gemüseladen war nur zwei Straßen weiter, also ließen sie den Wagen stehen und gingen zu Fuß das kurze Stück. Denisa musste ihre Haare fest zusammenbinden, da der starke Wind sie sonst ganz schön zerzaust hätte. Sie war froh, als sie sich endlich in den Laden retten konnten. Mia hatte es da leichter mit ihren kurzen Haaren. Mit der Hand wuschelte sie sich über den Kopf, um die Regentropfen abzuschütteln. Bei diesem Anblick musste Denisa unweigerlich grinsen. Ohne zu zögern fuhr sie Mia ebenfalls durchs Haar und wischte ihr dann versonnen ein paar Wassertropfen von Stirn und Wange. Nicht das Geringste hatte sie sich bei dieser kleinen Geste gedacht. Sie wirkte absolut natürlich auf Denisa. Doch als sie den forschenden Blick des Gemüsehändlers wahrnahm, zog sie ihre Hand rasch zurück. Er war ein breiter Herr in fortgeschrittenem Alter. Kurz musterte er die beiden Frauen noch einmal, dann räusperte er sich.

„Was darf's denn sein für die Damen?"

Denisa hätte sich am liebsten umgedreht und den Laden wieder verlassen. Aber dann würde sie noch mehr von sich preisgeben, als sie ohnehin schon getan hatte. Also versuchte sie, ihre Stimme so unbefangen wie möglich klingen zu lassen:

„Wir nehmen fünf Äpfel, fünf Orangen und einen Sack Walnüsse."

Mia sah sie von der Seite an, sagte jedoch nichts. Sie nahm nur die Papiertüte entgegen, während Denisa die Münzen aus ihrem Geldbeutel klaubte. Wieder auf der Straße trug ihr Gesicht jedoch einen seltsamen Ausdruck. Denisa hatte ein schlechtes Gewissen. Nach ein paar Schritten hielt sie Mia am Arm fest und bedeutete ihr so, stehen zu bleiben.

„Entschuldige, … es ist nur, … hier kennt jeder jeden. Sowas spricht sich total schnell rum hier." Ihr Gestammel kam Denisa sehr unbeholfen und blöd vor. Aber was hätte sie denn tun sollen? Mia musste doch verstehen, dass sowas schwierig war in einer dörflichen Gegend. Tatsächlich nickte Mia langsam.

„Ich verstehe das schon, Denisa, ich weiß, wie schwer es ist, das zuzugeben", sagte sie langsam. Ihre Arme umklammerten die Tüte mit den Einkäufen.

„…und trotzdem tut es mir weh", beendete sie den Satz. Schweigend gingen sie nebeneinander her. Der Supermarkt war etwas weiter weg, daher gingen sie zurück zum Auto und fuhren in den Ort hinein. Es war voll auf dem Parkplatz, doch hinten fanden sie doch noch eine freie Lücke.

„Wie wäre es mit einer guten Flasche Wein für heute Abend?", fragte Denisa, als sie eingeparkt hatte, denn gleich neben dem Supermarkt befand sich ein italienischer Weinladen. Es sollte ein kleines Versöhnungsangebot sein, und tatsächlich ging Mia mit einem zustimmenden Lächeln darauf ein.

In dem Laden waren sie die einzigen Kunden, und sie ließen sich Zeit, um sich das Angebot an Weinen anzusehen. Es roch nach Feigen und dem Holz der Weinkisten, und der Duft vermische sich mit den süßlichen Aromen einzelner geöffneter Weine. Der Besitzer war ein geschwätziger Mann mit angegrauten Haaren, der sie ein paar Weine testen ließ und zu jeder Probe eine Geschichte über deren Entstehung in Italien erzählte. Alleine der Gedanke an Italien weckte in Denisa angenehme Urlaubsgefühle. Sie hatte keine Ahnung von Wein, also überließ sie es gerne Mia, einen roten für das Abendessen auszusuchen. Die schien ihre Freude daran zu haben, denn sie plauderte ausgelassen mit dem Mann, während Denisa für die Flasche fast dreißig Euro bezahlte. Als der gutgelaunte Verkäufer auch noch *O sole mio* anstimmen wollte und Mia begeistert mit summte, wandte Denisa sich lachend ab. Sie steckte das Wechselgeld in ihren Geldbeutel und trat durch die Ladentür ins Freie.

„Kommst du?", rief sie über ihre Schulter zu Mia. Sie hörte die beiden hinter sich lachen.

Auf einmal sah sie Frau Rheinhardt, die vor dem Supermarkt stand und gerade eingekauft haben musste, denn sie rückte in ihrer Tasche die Lebensmittel zurecht. Als sie aufsah, blickte sie direkt in Denisas Richtung. Auf ihrem Gesicht erschien ein Lächeln, als sie sie erkannte, und sie kam ohne Zögern in ihre Richtung.

„Hallo Denisa", fing sie ohne Umschweife an, „schön, dass ich dich hier treffe. Ich muss mit dir reden."

Darauf hatte Denisa jetzt gar keine Lust. Aber die Frau stellte sich so demonstrativ vor sie, dass es keine Möglichkeit zum Ausweichen gab. Außerdem mochte sie Frau Rheinhardt ja eigentlich, und sie wollte die alte Bekannte auch nicht vor den Kopf stoßen. Also zwang sie sich zu einem Lächeln. Frau Rheinhardt kam gleich zur Sache:

„Herr Kunert hat mir erzählt, du hättest nicht mit ihm sprechen wollen."

Fast etwas herausfordernd war jetzt ihr Blick, so schien es Denisa zumindest. Sie spürte, wie etwas Wut in ihr hochstieg.

„Wegen des Hausverkaufs, weißt du?", fuhr die Frau vor ihr fort. Denisa fühlte sich sehr unangenehm an den unverschämten Besuch des Maklers zurückerinnert, doch sie kam gar nicht dazu, ihre Missbilligung der ganzen Sache zum Ausdruck zu bringen. Denn das Klingeln des Türglöckchens ertönte hinter Denisa, als die Türe geöffnet wurde.

„Denisa…", erklang Mias fröhliche Stimme, brach dann abrupt ab, und im nächsten Moment entgleisten Frau Rheinhardts Gesichtszüge. Ein paar Sekunden lang starrte sie nur. Dann verwandelte sich das Erstaunen in ihrem Gesicht in Wut.

„Dass du dich hier noch einmal hertraust!", hörte Denisa sie zischen. Mia hinter ihr wirkte wie erstarrt. Sie schien ebenso überrascht zu sein von der plötzlichen Begegnung wie die Frau ihr gegenüber. Sie sagte kein Wort, aber auf einmal drehte sie sich blitzschnell zur Seite und rannte los, am Supermarkt vorbei, über die große Straße, und verschwand dann nach rechts zwischen den anderen Menschen in einer Seitengasse. Denisa war so überrumpelt von den Ereignissen, dass sie nichts sagen konnte. Neben sich hörte sie Frau Rheinhardt wütend keuchen. Auch sie schien nicht zu wissen, was sie sagen oder tun sollte. Doch als sie ihre Stimme wiedergefunden hatte, ergriff sie Denisa am Arm.

"Denisa, was hast du mit der zu tun? Das ist eine Kriminelle!"

Ihr Ton hatte etwas Scharfes, das Denisa von ihr gar nicht kannte. Was redete sie da? Denisa starrte in die Richtung, in die Mia so plötzlich ohne Vorwarnung verschwunden war. Was war passiert? Wo war sie hingelaufen und warum? Frau Rheinhardts Griff wurde fester, und sie zog Denisa aufdringlich nahe zu sich heran.

„Ich habe gesehen, was sie gemacht hat! Ich habe es selber gesehen!"

Die Worte hallten in Denisas Kopf wider und ihr war auf einmal fürchterlich schwindelig, sodass sie fast froh war, festgehalten zu werden. Nur noch undeutlich konnte sie Frau Rheinhardts Stimme hören, aber sie verstand sie nicht mehr. Übelkeit überkam sie auf einmal. Das konnte nicht wahr sein! Mia eine Kriminelle? Das war doch lächerlich! Das hätte sie bemerkt! Aber dann glitt ihr Blick wieder in die Richtung, in die Mia fortgelaufen war. Warum war sie ohne ein Wort abgehauen?

Erst jetzt fiel Denisa auf, dass ihre Freundin den Wein mitgenommen hatte. Ihre Freundin? Das waren sie doch, sie und Mia. Freundinnen? Noch nie hatte sie einen Menschen so rasch so intensiv kennengelernt! Oder dachte sie nur, dass sie sie kannte und dass Mia ein lieber Mensch war? Hatte sie sich das nur eingebildet? War es möglich, dass sie sich so in Mia getäuscht hatte? Die Gedanken rasten Denisa durch ihren Kopf.

Wieder spürte sie Frau Rheinhardts Griff an ihrem Arm, und auf einmal war ihr diese Berührung unerträglich. So ruhig sie konnte, zog sie ihren Arm zurück und entfernte sich ein paar Schritte. Der Blick ihrer Gegenüber wirkte plötzlich bohrend auf sie, fast bedrohlich. Beschuldigte Frau Rheinhardt sie etwa auch, weil sie mit Mia zusammen unterwegs war? Was hatte sie denn falsch gemacht!

„Ich kenne sie nicht", hörte Denisa sich wie automatisch sagen. Sie warf einen letzten Blick in Richtung Supermarkt. Frau Rheinhardt trat auf sie zu und machte Anstalten, sie erneut anzufassen.

„Aber...", fing sie an, und ihr Blick spiegelte Verwirrung wider. Vielleicht war es auch Misstrauen. Denisa konnte es nicht richtig deuten, und sie wollte es auch nicht. Sie wollte nur noch weg! Raus aus dieser Situation, zu der sich nun ein paar neugierige Menschen dazustellten. Sie wollte alleine sein, auch weil sie befürchtete, sich gleich übergeben zu müssen, falls sie da stehen blieb. Alles schien sich in ihr zu drehen. Sie wollte nicht reden, nichts hören, nichts erklären. Sie wollte nur weg! „Ich muss gehen", presste sie deshalb hervor und schob sich an Frau Rheinhardt vorbei zu dem Parkplatz, auf dem ihr Auto stand. Ohne sich noch einmal umzusehen, öffnete sie den Wagen und setzte sich hinein. Sie spürte einen Hauch von Erleichterung, als sie den Parkplatz endlich verließ und die Straße hinunterfuhr. Ihre Hände zitterten, also umklammerte sie das kalte Lenkrad so fest sie konnte und hoffte einen kurzen Augenblick lang, dass ihr jetzt niemand im Weg sein würde. Ohne sich an die Geschwindigkeitsbegrenzungen zu halten, brauste sie durch die Straßen, hinaus aus dem Ort in Richtung nach Hause.

Kapitel dreizehn

Ihr Kopf pochte schmerzhaft, und die unaufhaltsamen Tränen spendeten keine Erleichterung. Denisa fühlte sich, als würde ihr Schädel in Kürze vor Schmerzen zerplatzen. Sie war so durcheinander! In der Toilettenschüssel vor ihr schwammen noch die letzten Tropfen Erbrochenes. Zweimal hatte sie sich übergeben müssen, bis die grauenvolle Übelkeit endlich etwas nachgelassen hatte. Nun spülte sie noch einmal und stand zitternd auf. Haltsuchend griff sie nach dem eiskalten Rand der Badewanne. Die Badewanne... hier hatte Mia sie das erste Mal verführt. So unbekannt und so wunderbar...

‚Das war doch alles echt!', schrie es in Denisa. Noch immer begriff sie kaum, was passiert war. Wohin war Mia gelaufen, und warum hatte sie sie dort einfach stehen gelassen? Gerade hatten sie beide noch so viel Spaß in dem Weinladen gehabt. Und jetzt war auf einmal alles kalt und fürchterlich.

‚Und das an Heiligabend!', durchfuhr es Denisa. An dem Tag, auf den sie so hingearbeitet hatte, den sie in Ruhe hatte feiern wollen! Den sie froh war, nicht alleine verbringen zu müssen, sondern zusammen mit Mia. Mit Mia, ihrer neuen Freundin...

Denisa schleppte sich ins Wohnzimmer. Moritz lag auf dem Sofa und beobachtete sie mit aufmerksamen Augen, als schiene er zu spüren, dass etwas nicht stimmte. Der geschmückte Weihnachtsbaum duftete nach Harz und Wald. Es war genau dieser weihnachtliche Duft, den Denisa so liebte an Heiligabend. Auch jetzt fand sie ihn angenehm, aber er schürte neue Tränen in ihr. Das war einfach nicht fair! Wieso hatte das heute passieren müssen? Sie hatte sich darauf gefreut, an diesem

Abend mit Mia zusammenzusein. Etwas Leckeres kochen, zusammen essen, ein paar Weihnachtslieder hören und vielleicht etwas fernsehen. Mehr hatte sie gar nicht gewollt. War das denn wirklich zu viel verlangt, nach den Wochen, die hinter ihr lagen?

‚Warum habt ihr mich alle alleine gelassen!‘, rief die Stimme der Wut in ihr. Es war die Stimme eines kleinen Kindes, das tief in ihr wohnte und sich einsam und verraten fühlte.

Sie wusste später nicht mehr, wie lange sie dort auf dem Sofa gesessen hatte, unfähig, etwas anderes zu tun, als ins Leere zu starren. Draußen brach die Dämmerung herein, aber Denisa bemerkte es kaum. Erst als Moritz sich streckte und auf den Boden sprang, sah sie auf. Der alte Kater ging zur Terrassentür, nicht ohne sich im Gehen ein paarmal zu strecken. Dort angekommen blickte er zu Denisa und ließ ein leises Miauen vernehmen. Kurz scharrte er mit der Pfote an der Tür, ein untrügliches Zeichen dafür, dass er draußen sein Geschäft erledigen musste. Es dauerte ein wenig, bis Denisa es schaffte aufzustehen, aber Moritz wartete geduldig. Das Knarzen der Terrassentür beim Öffnen durchbrach die Stille fast schmerzhaft. Draußen war es recht finster. Erst nach einem Moment gewöhnten ihre Augen sich daran. Moritz indes war bereits losgelaufen zu einem der Büsche im Garten, doch auf einmal sah Denisa ihn stocken und in die Stille lauschen. Sein Schwanz zuckte aufgeregt, während er sich vorsichtig ganz langsam vorwärts bewegte, den kleinen Kopf nach vorne gestreckt. Und dann hörte auch Denisa ein leises Knistern. Knackende Äste und das leise Knirschen von Schnee. Dort war jemand! In der Dunkelheit zwischen den Büschen. Eine menschliche Gestalt, die sich langsam näherte!

Kurz dachte Denisa daran, rasch die Tür zu schließen. Doch der Schreckmoment währte nicht lange. Die Silhouette war nicht besonders groß, und sie war schlank.

Nicht die Gestalt eines Mannes. Und vielleicht war es Denisa ohnehin im ersten Moment klar gewesen, dass nur eine Person an diesem Abend hierher kommen würde...

Mias Haltung war gebeugt. Ihre Arme hatte sie um ihren Körper geschlungen, die Kapuze ihrer Jacke tief ins Gesicht gezogen. Als sie nun in den Lichtkegel der Terrassentür trat, konnte Denisa sehen, dass ihre Hände zitterten. Leise nur erreichte sie Mias Stimme, leise und heiser: „Bitte, darf ich reinkommen?"

Es fiel Denisa schwer, die vielen Gedanken in ihrem Kopf zu fassen. Sie fühlte sich verletzt und betrogen, denn Mia hatte ihr offensichtlich etwas verschwiegen. Aber was? Und wie viel von dem, was sie erzählt hatte, war tatsächlich wahr? Und wenn sie nicht ehrlich gewesen war zu Denisa, wie wahr waren dann ihre Gefühle für sie?

Ein leichtes Schwindelgefühl erfasste Denisa erneut. Sie war sich nicht ganz sicher, ob sie mit der Wahrheit würde umgehen können, aber sie wollte wissen, was los war. Sie brauchte Klarheit. Und wie ihre Freundin da vor ihr stand, zitternd und frierend, da keimte auch eine Spur Mitleid in ihr auf, deshalb trat sie wortlos zur Seite. Als Mia an ihr vorbei ins Wohnzimmer ging, roch Denisa deutlich den Geruch von Alkohol. Die Flasche Wein hatte Mia nicht mehr bei sich, sie hatte sie wohl dazu gebraucht, um sich zu wärmen. Oder um noch mehr als nur die Kälte damit zu ersticken. Kurz wartete Denisa noch, bis Moritz sein Geschäft verrichtet hatte und ebenfalls wieder zurück in das warme Zimmer kam. Dann schloss sie die Terrassentür.

Mia stand in der Mitte des Wohnzimmers und rührte sich nicht. Jetzt im Licht sah Denisa, wie nass ihre Kleider wirklich waren. Es hatte draußen ja immer wieder geregnet. Mia musste durchgefroren sein! Sie wollte einen Schritt auf Mia zugehen, doch die hob ihre Hände.

„Ich möchte dir alles erklären", fing sie an, ihre Stimme so zitternd wie ihre Finger. Wirklich erbärmlich sah sie aus, wie sie da nass und frierend in dem Zimmer stand. Auch wenn Denisa Enttäuschung und Wut empfand, so siegte doch das Mitleid in ihr.

„Ja, ich will wissen, was los ist", antwortete sie. „Aber geh erst mal hoch und nimm eine heiße Dusche."

Mia sah sie überrascht an, so, als hätte sie damit überhaupt nicht gerechnet. Dann nickte sie kurz und wandte sich langsam in Richtung Treppe. Ein leises „Danke" huschte über ihre Lippen. Denisa war froh, als sie hörte, wie Mia im ersten Stock die Badezimmertür schloss, denn sie brauchte wirklich einen Moment, um sich zu sammeln. Mit einem Seufzen hockte sie sich auf die Kante des Sofas, die Arme verschränkt.

Zwar hatte sie schon daran gedacht, dass ihre Freundin hier am Haus auftauchen könnte, aber sie jetzt tatsächlich zu sehen, hatte Denisa irgendwie doch überrumpelt. So gerne wollte sie den Nachmittag einfach ungeschehen machen! Diese bösen Ereignisse vergessen und Heiligabend feiern. Aber sie konnte nicht ignorieren, dass Mia Geheimnisse vor ihr hatte. Wie schlimm waren diese Geheimnisse? Würde Mia ihr jetzt die Wahrheit sagen?

Denisa begann mit einem Mal schrecklich zu frieren. Ihre eigenen Hände zitterten nun wie sie aufstand, ein paar Holzscheite in den Kamin legte und sie anzündete. Es dauerte ein wenig, bis das Holz Feuer fing und etwas Wärme im Raum verbreitete. Da sie nicht wusste, was sie sonst tun sollte, setzte Denisa sich zurück auf das Sofa und zog die Decke über sich.

Es dauerte nicht lange, bis sie hörte, wie die Badezimmertür geöffnet wurde. Sie hörte Mia im ersten Stock umhergehen und in Sachen kramen, dann das vertraute Knarzen der Treppenstufen, während sie herunterkam. Um ihren Kopf hatte sie ein Handtuch gewickelt, und sie trug den Jogginganzug, den Denisa ihr am Tag ihrer ersten Begegnung gegeben hatte. Sie sah aus wie an diesem ersten Tag, aber ihr Gesichtsausdruck hatte seine Unbeschwertheit verloren. Zögernd trat sie ins Wohnzimmer, und zögernd setzte sie sich in einigem Abstand zu Denisa auf die Couch. Sie blickte von der Seite hinüber, als versuchte sie zu erahnen, was von ihr erwartet wurde.

„Es war keine Absicht, Denisa, das musst du mir glauben", sagte sie schließlich.

Denisa rührte sich nicht. Sie wusste nicht, was sie sagen, wie sie sich verhalten sollte, und die Entscheidung wurde ihr von Mia abgenommen, die stockend weitersprach:

„Ich war an diesem Nachmittag in die Kirche in eurem Ort gegangen, um mich etwas aufzuwärmen. Auf einer Kirchenbank bin ich schließlich eingeschlafen. Ich war die ganze Nacht davor unterwegs gewesen und deshalb so müde. Aber kaum, dass ich eingeschlafen war, hat mich so ein alter Ministrant geweckt und rausgeschmissen. Er war total sauer, weil gleich eine Messe sein sollte." Mia schüttelte verächtlich den Kopf.

„Diese Heuchler!", flüsterte sie. Dann sah sie Denisa direkt ins Gesicht und sprach weiter:

„Nach der Messe sind sie alle rausgeströmt in ihren Pelzmänteln und Wollmützen. Sie haben so getan, als würden sie mich gar nicht sehen da neben der Kirchentür. Als sie alle weg waren, habe ich mich wieder in die Kirche geschlichen. Und am Eingang stand diese Heiligenfigur…"

„Der heilige Johannes", warf Denisa ein. Ihre Oma hatte oft von ihm gesprochen.

„Der hat mich so angeglotzt mit seinen Holzaugen, so scheinheilig…" Mia stockte und schluckte ein paar Mal. „Mich hat da auf einmal eine wahnsinnige Wut gepackt. Ich habe die Figur genommen und auf den Boden geworfen."

Bei diesen Worten zuckte Denisa innerlich zusammen. Was hatte Mia gemacht? Den heiligen Johannes zerstört? Er war immer dort im Kircheneingang gestanden, seit Denisa sich erinnern konnte. Ihre Oma hatte ihr oft vom Leben des Heiligen erzählt und davon, wo die Figur hergestellt worden war und aus welchem besonderen Holz.

„Diese Frau da hat mich dabei erwischt. Aber ich bin weggelaufen, ehe sie etwas machen konnte", sprach Mia weiter, und Denisa hatte schlagartig das entsetzte Gesicht von Frau Rheinhardt wieder vor ihrem geistigen Auge. Es hatte den Schock widergespiegelt, den sie auch empfunden haben musste, als sie den heiligen Johannes am Boden hatte liegen sehen.

„Sie hat dich eine Kriminelle genannt", fielen ihr die Worte der gläubigen Frau ein.

„Ich habe gestohlen", gab Mia ohne Umschweife zu. „Da stand noch dieses Körbchen, in das die Leute nach dem Gottesdienst Geld hineinwerfen. Keine Ahnung, warum es da noch stand. Ich habe alles genommen, was darin lag."

Auf dieses Geständnis hin folgte eine lange Stille. Denisa hatte nicht damit gerechnet, dass Mia ihr so schonungslos erzählen würde, was geschehen war. Die Freundin hatte nicht versucht, es herunterzuspielen oder sich zu verteidigen. Schweigend saß sie nun dort auf dem Sofa und starrte in die Flammen, und erst nach einer gefühlten Ewigkeit hörte Denisa ihre Stimme erneut, jedoch diesmal ganz leise:

„Ich muss mich stellen, das ist mir heute klar geworden. Ich wollte es davor nicht wahrhaben, was passiert war." Etwas ruckartig sah sie Denisa an.

„Und dann habe ich dich kennengelernt. Du warst nett zu mir und hast mich so bereitwillig aufgenommen. Es war schön bei dir... wie ein Traum. Ich wollte nicht aufwachen, verstehst du?"

Eine Träne rann auf einmal über ihre Wange und sie schluckte ein paarmal. Und auch Denisa spürte sofort wieder die Tränen aufsteigen. Sie wollte, dass das alles vorbei war! Sie wollte, dass Mia sie in den Arm nahm und ihr sagte, dass alles in Ordnung war. So, wie sie es am Anfang getan hatte. Aber jetzt war Mia diejenige, die weinte und die verloren war. Wie schlimm war es wirklich, was sie getan hatte?

Denisa bezweifelte nicht, dass sie die ganze Wahrheit gehört hatte, denn Mia hatte nichts beschönigt, und die Geschichte wirkte schlüssig. Es war keine schöne Geschichte, aber sie schien Mia ehrlich leidzutun. Und sie hatte gesagt, dass sie sich stellen wollte. Sie wollte die Verantwortung übernehmen für ihr Handeln, und das ließ auch den letzten Funken Wut, den Denisa vorhin noch verspürt hatte, erlöschen.

„Ich glaube dir", sagte sie, und nach etwas Zögern griff sie nach Mias Hand. Eine ganze Weile sahen sie einander nur an. Mias grüne Augen spiegelten so viel wider: Erleichterung, Erschöpfung, Trauer, aber auch Dankbarkeit. Zumindest meinte Denisa das alles in ihnen lesen zu können. Vielleicht wären sie noch länger dort gesessen, wenn Denisa nicht auf einmal das Loch in ihrem Magen gespürt hätte. Es war fast sechs Uhr und somit die Zeit, zu der wohl bei den meisten anderen Familien die Bescherung stattfand. Die Zeit, zu der das Weihnachtsfest begann...

„Heute kannst du dich eh nicht mehr stellen", meinte Denisa und rang sich ein Lächeln ab.

„Also können wir auch ebenso gut Heiligabend feiern."

Sie wartete gar nicht darauf, dass Mia reagierte, sondern stand vom Sofa auf und ging in die Küche, um zu sehen, was der Vorratsschrank noch an Lebensmitteln hergab. Das geplante Essen konnte sie ja nicht machen, nachdem sie außer dem Obst nichts eingekauft hatten. Aber ihre Hoffnungen auf den Vorratsschrank verpufften sofort, denn außer etwas Mehl und Reis sowie ein paar Eiern und Milch war nicht mehr viel da. Für Pfannkuchen würde es gerade reichen. Aber Pfannkuchen an Heiligabend? Gerade wollte sie den Vorratsschrank schließen, als ihr Blick auf einen kleinen Zettel fiel, der zerknittert in der Ecke des Schrankes lag. Ihre Oma hatte ihn offensichtlich dazu verwendet, den Honig darauf zu stellen, denn die süß-klebrigen Abdrücke des Glases waren deutlich zu sehen. Es war ein Flyer für einen Lieferservice: Indische Spezialitäten.

Mia war ihr inzwischen gefolgt. Im Türrahmen stehend beobachtete sie Denisa, wie sie den Flyer betrachtete. Sie war zurückhaltend und sagte nichts, erst als Denisa ihr das klebrige Papier hinhielt, trat sie näher.

„Was hältst du von indischen Spezialitäten?", fragte Denisa, darum bemüht, ihrer Stimme einen unbeschwerten Klang zu verleihen. Sie wollte, dass es wieder so war zwischen ihnen, wie vor dem heutigen Tag. Ehrlich, unbeschwert und innig. Ein Stück heile Welt für sie beide. Sie wollte für diesen Abend vergessen, was geschehen war. Sie wollte einfach nur Weihnachten feiern.

Und auf einmal stand Mia bei ihr, ihr Mund war ganz nahe an ihren Wangen und ihren Lippen, und Denisa spürte Mias Arme, die sich um sie legten. Eine wundervolle Umarmung, nach der sie sich so gesehnt hatte.

„Danke", flüsterte ihre Freundin in ihre Haare. „Danke."

KAPITEL VIERZEHN

Duftete das köstlich! Die Tüte, die ihnen der Bote gerade gebracht hatte, duftete nach einer Vielzahl fremder Gewürze und Aromen. Es roch so gar nicht nach Weihnachten, aber das war Denisa egal. Auf dem Wohnzimmertisch hatte Mia bereits Geschirr und Besteck bereitgelegt, denn sie wollten nicht im Esszimmer speisen. Im Wohnzimmer war es viel gemütlicher, erst recht, nachdem Denisa die Lichterkette am Weihnachtsbaum angeschaltet und die Kerze am Adventskranz angezündet hatte. Und in dem kleinen Schränkchen fand sie sie sofort, Omas CD mit den Weihnachtsliedern. Als *Oh du fröhliche* aus den Lautsprechern klang, schmunzelte Mia, sagte jedoch nichts.

Sie sprachen nicht viel, während sie aßen. Denisa ließ sich von der Musik in die Gefühlswelt ihrer Kindheit zurücktragen, diese Zeit, in der die Welt noch voller Zauber gewesen war, besonders an Weihnachten. Die freudige Erwartung, die sie jedes Mal beim Klang dieser Musik empfunden hatte und auch jetzt noch empfand, es war die Erwartung von etwas Großem, etwas Wunderbarem, das nicht so richtig greifbar war. Eine fast selige Empfindung. Denisa glaubte, das war es, was auch ihre Oma an Weihnachten gemocht hatte. Ihre liebe Oma…

Unvermittelt musste sie auf einmal an ihren Traum von letzter Nacht zurückdenken. Auch er hatte eine Stimmung in ihr zurückgelassen, die sie als selig bezeichnen könnte. Obwohl er so seltsam gewesen war. So unbeschreiblich er ihr heute Morgen auch erschienen war, jetzt verspürte sie mit einem Mal das Bedürfnis, darüber zu sprechen. Sie wollte davon erzählen.

„Weißt du… worüber du vorhin gesprochen hast, das mit dem Nicht-Aufwachen-Wollen", fing sie deshalb an, „ … ich glaube, ich weiß, was du meinst."
Sie legte ihr Besteck zur Seite und wischte sich den Mund mit der Serviette ab. Das Essen war wirklich lecker gewesen.
„Dieser schöne Traum, den ich letzte Nacht hatte, aus dem wollte ich auch nicht aufwachen."
Mia sah sie einen Moment lang an, dann legte auch sie ihr Besteck auf den Tisch. Sie schien zu merken, dass dies wichtig war für ihre Freundin, denn sie ging sofort auf das Thema ein:
„Was ist in dem Traum denn passiert?", fragte sie, und es klang ehrlich interessiert.
Die Erzählung war nur kurz, Denisa kam sie viel zu kurz vor, aber die reine Handlung des Traumes war auch nicht lang gewesen, das wurde ihr jetzt noch ein Stück klarer. Was ihn so besonders gemacht hatte, waren die Empfindungen, die sie dabei gehabt hatte. Denisa bemerkte jedoch mit Entsetzen, dass die Erinnerungen daran bereits verblassten.
„Es war so intensiv, verstehst du, so klar! Ganz anders als in anderen Träumen", schloss sie ihre Erzählung.
Mia sagte eine geraume Zeitlang nichts, aber das war Denisa auch nicht wichtig. Sie hatte ihr zugehört, das alleine zählte im Moment. Vielleicht verstand sie ja wirklich, was dieser Traum bedeutete und dass es dazu nicht viel zu sagen gab? Denisa hatte sich nie besondere Gedanken über Träume gemacht. Als Jugendliche hatte sie zwei oder drei eindrucksvolle gehabt, an die sie sich jetzt noch erinnerte, aber sie hatte ihnen nie große Bedeutung beigemessen. Das war jetzt eine ganz neue Erfahrung für sie.
„Träume können echt interessant sein", durchbrach Mia auf einmal die Stille.
„Vielleicht solltest du ihn aufschreiben."

Ihn aufschreiben? Das war eine wirklich gute Idee von ihr! Wo sie jetzt darüber nachdachte, wunderte Denisa sich sehr darüber, dass ihr dieser Gedanke nicht selbst schon gekommen war, und das, obwohl sie doch in den letzten Tagen immer wieder ein starkes Bedürfnis verspürt hatte, ihr Innenleben festzuhalten!

Als wollte Mia ihr Raum und Zeit für sich geben, stand sie auf und räumte das Geschirr zusammen.

„Ich gehe mal abspülen", sagte sie und verschwand in Richtung Küche.

Das kleine Büchlein mit dem Raben darauf lag auf dem Schränkchen neben dem Sofa. Ein paar Tage nun hatte Denisa es nicht mehr in der Hand gehabt, so sehr war sie mit dem Ausräumen des Hauses beschäftigt gewesen. Sie streckte sich auf dem Sofa, um das Buch zu erreichen. Es wirkte auf einmal wie ein kleiner Schatz, und wie sie es nun aufschlug und ihre ersten Einträge las, da fühlte sie sich zurückversetzt in ihre ersten Tage nach Omas Tod, die sie hier im Haus verbracht hatte. So schmerzhaft sie auch gewesen waren, Denisa mochte die Erinnerungen daran, weil sie irgendwie eine Verbindung zu ihrer Oma herstellten. Eine wertvolle Verbindung.

Sie blätterte weiter bis zum letzten Eintrag und schlug dann eine neue, leere Seite auf. Auch jetzt brauchte sie nicht viele Worte, um den Traum niederzuschreiben. Und obwohl es unmöglich war, etwas dazu bildlich darzustellen, so hatte sie doch das Bedürfnis nach Farben. Sie wählte aus ihren Aquarellstiften verschiedene Blau- und Türkistöne aus und färbte die Buchseiten vorsichtig mit ihnen ein. In wellenförmigen Bewegungen ließ sie die Farben ineinandergleiten.

Nachdem sie fertig war, betrachtete sie ihr Werk eine Weile, bis sie aus dem Augenwinkel wahrnahm, dass die Kerze auf dem Tisch zu flackern begann. Deshalb stand sie auf, um sie auszupusten und den Docht zu kürzen, woraufhin die neu entzündete Flamme wieder ganz ruhig vor sich hin brannte. Denisa legte eine andere CD mit Weihnachtsliedern ein und betrachtete den schönen Weihnachtsbaum. Leise summte sie die Melodie von *Ave Maria* mit. Die funkelnden Birnchen der Lichterkette spiegelten sich in den gläsernen Christbaumkugeln wider, und zusammen ergaben sie ein Meer aus Lichtern, das Denisas Blick fesselte. Sie konnte sich nicht davon losreißen, auch nicht, als Mia zu ihr trat. Sie war wohl fertig mit dem Abwasch und rieb sich die Hände mit einem Handtuch trocken.

„Um so einen Baum muss man eigentlich tanzen", grinste sie.

Da war sie wieder, diese freche, ungezwungene Art, mit der sie Denisa zu Beginn ihrer Bekanntschaft fasziniert hatte. Auf einmal warf sie das Handtuch auf das Sofa, umfasste Denisas Taille und zog sie zu sich. Gekonnt griff sie nach der Hand ihrer Freundin und begann sie zu führen. Erst probierte sie einfache Walzerschritte, doch nachdem sie Denisa zum vierten Mal auf den Fuß getreten war, ging sie dazu über, sie beide einfach nur im Kreis zu drehen. Ihre Augen lachten Denisa an, während sie sich immer schneller und schneller drehten. Die Bewegung ließ Denisa schwindelig werden, aber diesmal auf eine angenehme Weise. Mias Arme hielten sie fest umschlungen, und ihr Lachen war ansteckend, während die Lichter des Baumes mit jeder Umdrehung an ihnen vorbeiblitzten wie funkelnde Sterne. Kurz dachte Denisa daran, was passieren würde, wenn sie gegen den Baum tanzten, aber schließlich war es der weiche Teppich in der Mitte des Raumes, auf den sie zusammen lachend fielen.

Während sie beide nebeneinander auf dem Teppich verschnauften, blickte Mia Denisa die ganze Zeit an. Schließlich richtete sie sich auf, beugte sich über sie und gab ihr einen langen Kuss, der Denisa bis in ihr

Innerstes berührte. Sie spürte Mias Hände, die ihr Gesicht zärtlich umfassten und streichelten. Ihre Wärme war nahe, und sie kam immer näher, presste ihren Körper an Denisas, während auch ihr Kuss intensiver wurde. Denisa fühlte sich durch und durch erfüllt von der verlangenden, pulsierenden Aura, die Mia umgab. Sie fing Denisa ein und trug sie hinein in eine Welt voller magischer Emotionen. Mit jeder Faser wollte sie sich Mias Händen hingeben, die sie nun überall berührten und ihr langsam, aber bestimmt den Pullover und das T-Shirt auszogen. Unter weiteren Küssen liebkoste Mia ihre Haare, ihren Hals und ihre Schultern. Sie streichelte über Denisas Brüste, hinab bis zu ihrem Bauch und dem Bund ihrer Hose. Eine Gänsehaut folgte jeder ihrer Berührungen. Denisa spürte alles angenehm kribbeln, erst recht, als Mia ihre Hose öffnete, sich selbst entkleidete, und sie beide sich ganz und gar, nackt wie sie waren, aneinanderschmiegten. Innig liebten sie sich auf diesem Teppich, der Denisas Oma gehört hatte. Innige Liebe zum Fest der Liebe. Und im Hintergrund lief *Stille Nacht, heilige Nacht.* Es war irgendwie stimmig.

Danach lagen sie eng umschlungen unter der Sofadecke auf dem Boden und blickten versonnen in die Lichter des Baumes. Die CD mit der Weihnachtsmusik war bereits wieder verstummt. Es war nichts zu hören außer dem leisen Schnarchen des Katers, das von der Couch herüberkam, und ihren eigenen Atemzügen. Denisa war erfüllt von tiefer Zufriedenheit.

Irgendwann jedoch begannen sie beide unter der dünnen Decke zu frieren. Das Feuer war heruntergebrannt, und somit wurde es rasch kühler im Zimmer. Vorsichtig löste Denisa sich aus Mias Umarmung und zog sich fröstelnd ihre Kleider über, um dann im Kamin mit den letzten Holzscheiten aus dem Korb ein neues Feuer zu machen. Zum Glück war noch etwas Glut vorhanden, sodass die Flammen erneut rasch hochloderten. Mia war indes ebenfalls aufgestanden und hatte sich angezogen. Mit einem Kuss drückte sie Denisa kurz an sich.

„Das war ein schönes Weihnachtsgeschenk", sagte sie lächelnd. Dann ging sie hinaus in Richtung Küche. Moritz war inzwischen wach geworden und folgte ihr nach draußen, und Denisa hörte, wie sie ihm Katzenfutter in seinen Napf füllte. Dann hantierte sie etwas in der Küche umher und kam schließlich mit einem großen Teller wieder. Darauf hatte sie alle Plätzchen und Lebkuchen gelegt, die von Denisas Backtagen noch übrig waren.

„Jetzt lassen wir es uns richtig gut gehen", sagte sie. In der Küche fanden sie sogar noch eine Flasche Glühwein, die sie in einen Topf füllten und auf den Herd stellten. Mit heißen Tassen in den Händen kuschelten sie sich dann zusammen auf das Sofa unter die Decke.

Da sie beide etwas müde waren und nicht wussten, was sie sonst machen sollten, zappte Denisa durch das Fernsehprogramm. Sie blieben bei dem Film *Kevin allein zuhaus'* hängen. Gerade lief die Szene in der Kirche. Es war das Gespräch, das Kevin mit dem alten Mann führt, vor dem er sich eigentlich so fürchtet. Obwohl sie den Film in- und auswendig kannte, liebte Denisa diesen Moment der Versöhnung und des Sieges über die eigene Angst. Zwar war der Rest des Filmes sehr überdreht und albern, aber genau das brauchte sie jetzt. Unbeschwertheit und Probleme, die immer irgendwie gelöst wurden. Es war heilsam, das zu sehen.

Auch Mia amüsierte sich prächtig, denn im Gegensatz zu Denisa kannte sie den Film nicht. Denisa vermutete, dass er ihrer Freundin aus dem gleichen Grund guttat, wie ihr selbst. Aber als dann die Szene kam, in der Kevins Mutter endlich zu ihm heimkehrt, und er sich so freut, sie wiederzusehen, da wurde Mia auf einmal ruhiger. Ihr Lachen war verebbt, und als wäre sie tief in

Gedanken versunken, kaute sie auf einem Lebkuchen herum. Denisa griff nach ihrer Hand.

„Was hast du?", fragte sie und schaltete den Ton des Fernsehers leiser. Mia zögerte, dann antwortete sie: „Ich sollte sie anrufen, oder?"

Sie legte den angebissenen Lebkuchen auf den Tisch. „Ich meine, jetzt an Weihnachten…"

Ihre Stimme schwang voller Zweifel, voller Wollen und Nicht-Wollen. Aber Denisa fand, sie hatte Recht: es wurde Zeit dafür. Lange genug schon hatte sie nun miterlebt, wie Mia die Distanz zu den Eltern und der Streit mit ihnen quälte.

Ohne etwas zu erwidern stand Denisa auf und ging hinaus in den Flur, um das Telefon zu holen. Sie reichte es Mia, die es mit einem leicht verwunderten Blick entgegennahm, dann setzte Denisa sich wieder auf das Sofa neben ihre Freundin. Sie versuchte, einfach nur ruhig zu sitzen, nichts zu sagen und nichts zu tun. Einfach nur bei Mia zu sein und zu beobachten, wie sie langsam die Nummer wählte. Mit ihr zusammen auf das leise Tuten des Telefons zu lauschen und auf das Klicken in der Leitung, als jemand abhob. Sie konnte nicht verstehen, wer sich meldete, denn Mia presste das Telefon jetzt an ihr Ohr.

„Mama?", sagte sie leise. „Ich bin's."

Eine ganze Weile war nichts zu hören. Dann wieder Mias Stimme, die ein wenig zittrig klang.

„Ich wollte euch Frohe Weihnachten wünschen."

Wieder entstand eine kurze Pause, dann sagte die Person am anderen Ende der Leitung etwas. Mia hob ihre Hand zum Gesicht, und Denisa sah, dass sie sich eine Träne von der Wange wischte. Instinktiv griff sie nach der Hand ihrer Freundin.

„Ja, ich weiß… es tut mir leid", sagte die in das Telefon, und dann: „Ich weiß es noch nicht genau. Bald…"

Ihre heiße Hand umklammerte Denisas. Mias Mutter

sprach einige Sätze zu ihrer Tochter, und die antwortete schließlich: „Ja, okay... bis dann."

Dann nahm sie das Telefon vom Ohr und beendete die Verbindung.

Denisa war neugierig, was Mias Mutter gesagt hatte, aber Mia schaute eine Weile lang nur vor sich hin. Sie schien das Gesagte erst einmal verdauen zu müssen. Ein paar Male schluckte sie.

„Sie wollte wissen, wann ich zurück komme", sagte sie schließlich. Das klang doch ganz positiv, fand Denisa, aber ein Blick in Mias Gesichtszüge sagte ihr, dass ihre Freundin traurig war.

„Und du hattest dir mehr erhofft, oder?", hakte sie deshalb nach. Mia schüttelte den Kopf und machte eine schwache Geste mit der Hand, die hilflos wirkte.

„Ich weiß es nicht. Es ist nur... sie hat gar nicht gefragt, wie es mir geht oder wo ich bin." Das war natürlich seltsam, da musste Denisa ihr zustimmen, aber es konnte viele Gründe dafür geben. Immerhin musste dieser Anruf für Mias Mutter eine vollkommene Überraschung gewesen sein. Mia nickte, als Denisa diesen Gedanken aussprach, jedoch schien sie die Erklärung nicht ganz zu beruhigen. Unruhig kaute sie auf ihren Fingernägeln, als fiele es ihr schwer, das Telefonat für sich zu beurteilen. Lang war es auch nicht gewesen und sicher vieles unausgesprochen geblieben, nach so einer langen Zeit der Stille zwischen ihnen.

„Warum fährst du nicht hin und sprichst mit ihr? Es ist bestimmt etwas anderes, wenn du sie siehst. Vielleicht können sie dich ja doch so akzeptieren, wie du bist... besser als du denkst?"

Mia hielt im Kauen inne, schien den Vorschlag kurz abzuwägen.

„Sie wissen nicht, dass ich lesbisch bin", erwiderte sie schließlich.

„Ich habe es noch nicht geschafft, es ihnen zu sagen." Und etwas leiser fügte sie hinzu:

„Ich weiß nicht, wie sie darauf reagieren werden."

Das überraschte Denisa sehr. Mia hatte doch mal gemeint, ihre Eltern würden ihre Art zu leben missbilligen, und Denisa war davon ausgegangen, dass es dabei um ihre Partnerwahl ging. Aber wenn die Eltern überhaupt nichts wussten von der Orientierung ihrer Tochter…?

„Vielleicht ist das für sie ja gar kein Problem", warf Denisa ihren letzten Gedanken in den Raum.

„Vielleicht verstehen sie es, wenn du ihnen erklärst, wie ernst das für dich ist. Vielleicht…" Mia hob die Hand, um ihre Freundin zu bremsen.

„Mein Vater hat Krebs, Denisa", sagte sie dann leise. „Er würde es so gerne noch erleben, dass ich heirate und ein Kind bekomme, bevor er stirbt, das hat er immer wieder gesagt."

Sie ließ ihre Hand wieder sinken und machte eine kurze Pause, bevor sie fortfuhr:

„Darum ist es in unserem Streit gegangen. Darüber, wie selbstsüchtig ich bin und so. Und ich habe ihm an den Kopf geworfen, dass er mich nur benutzen will und mich nie akzeptiert hat, so wie ich bin."

Und nach einer weiteren Phase des Schweigens:

„Ich weiß nicht, was passieren würde, wenn wir uns jetzt wiedersähen. Wie er zu mir steht… ich weiß es einfach nicht."

In diesem Moment sah sie so verlassen und hilflos aus, Denisa konnte nicht anders, als ihren Arm um die Freundin zu legen und sie festzuhalten. Es wäre schlichtweg schrecklich, wenn Mia ihren Vater verlieren würde, ohne ihn noch einmal gesprochen zu haben! Wie krank war er, und wie viel Zeit blieb ihnen noch? Denisa traute sich nicht zu fragen. Nun verstand sie aber, was Mia gemeint hatte damit, dass es schnell zu spät sein konnte. Es konnte so leicht zu spät sein, wenn man die letzten Chancen nicht ergriff! So gerne wollte sie das ihrer Freundin mitteilen, ihr klar machen, dass sie keine Zeit verlieren durfte. Aber sie hatte Angst, Mia zu sehr zu drängen, so aufgewühlt, wie die Freundin ohnehin schon war wegen des Telefonats. Deshalb zog sie sie nur ganz eng an sich und flüsterte:

„Es gibt nur einen Weg, um das herauszufinden, oder?"
Mia antwortete nicht, und es folgte eine Stille, die ewig zu dauern schien. Es war, als ob mit einem Mal alles Notwendige gesagt war. Es bedurfte keiner weiteren Worte.

Kapitel fünfzehn

Um genau neun Uhr am 27. Dezember betraten die beiden Frauen das Gebäude der Polizeistation. Kurz mussten sie warten, aber dann gingen die Formalitäten recht schnell. Die Kirchengemeinde hatte bereits Anzeige erstattet, und die Höhe des Schadens geschätzt. Der Beamte sagte, dass eine außergerichtliche Einigung möglich wäre, wenn Mia sich entschuldigte und für die Kosten aufkam. Er gab ihnen ein Formular, das Mia ausfüllen sollte. Dann tippte er ihre Aussage in den Computer.

„Sie bekommen in ein paar Tagen Post. Darin wird dann auch stehen, an wen Sie den Schadensersatz zahlen sollten."

Als Postadresse gab Mia das Haus von Denisas Oma an, nicht ohne einen zögernden Blick zu ihrer Freundin zu werfen. Mit einem Nicken bedeutete Denisa ihr, dass das okay war. Mehr als okay. Sie freute sich, dass Mia noch bleiben wollte. Zwar war sie schon weit gekommen mit dem Ausräumen des Hauses, aber das Schlimmste, die Gespräche mit dem Entrümpler und dem Makler nämlich, standen ihr noch bevor. Sie wollte Mia bei sich wissen bei diesem schwierigen Schritt des Abschieds.

Denisa fühlte sich seltsam befreit, als sie das Polizeigebäude verließen, und auch Mia streckte sich und atmete ein paarmal tief durch. Ein frischer Wind wehte, aber es war nicht sehr kalt, knapp über null Grad wohl. Es war das richtige Wetter, um zu Fuß zu gehen, deshalb hatten sie sich in der Frühe ganz bewusst dafür entschieden, den Weg in den Ort nicht mit dem Auto zu fahren. Fast verschlafen wirkten die Straßen. So, als wären all die Menschen, die hier wohnten, noch tief zurückgezogen in ihre weihnachtliche Feiertagswelt. Nur gelegentlich fuhr ein Auto an ihnen vorbei. Ein paar Geschäfte hatten zwar geöffnet, waren aber überwiegend leer. Denisa nutzte die Gelegenheit, um im Supermarkt noch ein paar Lebensmittel zu kaufen, gerade so viel, wie ihr Rucksack und eine Einkaufstasche zu fassen vermochten. Die letzten beiden Tage hatten sie spartanisch gelebt von belegten Broten und Pfannkuchen. Nach dem köstlichen Mahl an Heiligabend war das aber absolut okay gewesen.

Als sie den Supermarkt verließen, fiel Denisas Blick auf eine kleine Tafel, auf der allerlei Zettel geklebt waren. Offensichtlich konnte hier jeder, der wollte, Anzeigen aller Art veröffentlichen. Interessiert überflog sie die Zettel mit ihren Augen, um zu sehen, ob etwas Nützliches dabei war. Vielleicht Leute, die Möbel, Bücher oder Geschirr brauchten, denn davon hatte Denisa eine Menge, die sie nicht selbst behalten konnte. Ihr blutete das Herz bei dem Gedanken, das alles der Entrümplungsfirma zu überlassen. Wie schön wäre es, wenn sie selbst noch jemanden finden konnte, der die Sachen gerne nahm! Aber leider konnte sie kein entsprechendes Gesuch auf der Tafel finden. Stattdessen stach ihr ein Zettel ganz am Rand ins Auge, auf dem die Zeichnung einer Violine zu sehen war und daneben ein Angebot für privaten Musikunterricht. Diese Worte zogen Denisa auf einmal magisch an, und sie verspürte eine unbändige Lust darauf, die Violine ihres Opas in die Hände zu nehmen. So gerne würde sie lernen, dieses wunderbare Instrument zu spielen! Mit ihrem Handy machte sie ein Foto von der Anzeige. Vielleicht würde sich ja wirklich eine Gelegenheit für sie ergeben, Violinenunterricht zu nehmen, wenn auch wohl eher in der Umgebung, in der ihre eigene Wohnung lag. Das Foto sollte eine Erinnerung sein an diese Idee.

Sie verließen den Ort und spazierten über den Feldweg, der zum kleinen Waldstück führte. Der Weg war matschig von dem geschmolzenen Schnee, und mehrmals mussten sie einen weiten Bogen um Pfützen und Schlammlöcher machen. Mia ging vor Denisa her, dann und wann hüpfte sie, um zu verhindern, dass ihre Schuhe allzu schmutzig würden. Die Tasche mit Einkäufen hielt sie in der rechten Hand. Auch wenn auf der Polizeistation alles ganz gut gelaufen war, schien sie doch mit ihrer Innenwelt beschäftigt zu sein.

Vielleicht dachte sie an das Telefonat mit ihrer Mutter zurück? In den letzten beiden Tagen hatten sie immer wieder davon gesprochen, aber Mia hatte nicht viel mehr erzählt von sich aus. Und Denisa hatte sich bis jetzt nicht getraut, die Fragen zu stellen, die in ihr umhergeisterten. Sie wollte Mia nicht vor den Kopf stoßen oder an zu schmerzliche Dinge erinnern. Aber auch jetzt kam wieder einmal der Gedanke hoch, dass die Freundin mit ihrem Vater sprechen sollte, bevor es keine Gelegenheit mehr dazu gab. Auch wenn es schmerzlich war, Denisa musste das Thema jetzt ansprechen.

„Wie lange wisst ihr denn schon, dass dein Vater Krebs hat?", begann sie endlich auszusprechen, was ihr die letzten Tage im Kopf herumging. Mia drehte sich im Gehen zu ihr um, und Denisa war überrascht, dass sie fast ohne Zögern antwortete:

„Wir wissen es seit knapp einem Jahr." Fast wirkte es, als hätte sie auf Denisas Frage gewartet, denn sie fuhr fort:

„Damals waren meine Eltern gerade im Urlaub in den Bergen, als mein Vater eines Abends Blut gespuckt hat. Er hatte immer schon Magenprobleme, aber das war ganz anders. Es ging ihm dann so schlecht, dass sie noch in der Schweiz in eine Klinik gefahren sind."

Mia ging nun neben Denisa, und es schien sie nicht mehr zu kümmern, wie schmutzig ihre Schuhe wurden.

Die feuchte Erde klebte an ihren Sohlen und machte bei jedem ihrer Schritte knatschende Geräusche.

„Das muss ein Schock für euch gewesen sein", erwiderte Denisa auf ihre Erzählung. Mia nickte nur und blickte den Weg hinunter. Es folgte eine Weile der Stille.

Sie hatten das Waldstück nun erreicht. Hier duftete es nach Harz und feuchter Erde. Der wenige Schnee, der hier gelegen hatte, war schon gänzlich weggeschmolzen, und das Moos leuchtete in wunderschönen, verschiedenen Grüntönen. Es wuchs überall an den Bäumen, auf Wurzeln und am Boden auf der feuchten Erde. Der Weg jedoch war auch hier matschig, und die beiden Frauen versuchten so gut wie möglich, die schmutzigsten Stellen zu meiden.

„Es war nicht immer so schwer zwischen uns, wie es jetzt ist", brach Mia schließlich das Schweigen, nachdem sie tief in Gedanken versunken gewesen zu sein schien.

„In meiner Kindheit waren wir recht eng. Er war ein guter Vater. Ich meine… er hat viel mit mir unternommen und gespielt. Nicht so wie viele Väter meiner Schulkameraden, die immer nur gearbeitet haben."

‚Oder die ihr Kind gar nicht kannten…', dachte Denisa an ihren eigenen Vater. Aber sie sprach den Gedanken nicht aus. Sie wartete, bis Mia fortfuhr:

„Schwierig ist das erst in meiner Pubertät geworden, besonders, nachdem ich Miriam kennengelernt hatte. Meine Eltern sind sehr religiös, und als ich mich irgendwann geweigert habe, noch mit in die Gottesdienste zu gehen, da sind die Streitereien immer heftiger geworden."

Als wollte sie diesem letzten Satz mehr Ausdruck verleihen, trat Mia gegen einen Stein, der einige Meter auf dem Weg nach vorne flog. Sie schien aufgewühlt zu sein, vielleicht auch etwas wütend.

„Sie konnten nicht akzeptieren, dass ihre Religion für mich nicht passte. In unserem Ort gingen alle in die Kirche. Das wurde nicht hinterfragt." Sie schnaubte, und es klang ziemlich verächtlich.

„Wahrscheinlich hatten sie auch Angst, dass die Leute über uns reden würden. Auch darüber, was ich anzog und wie ich mich benommen habe. Ich habe damals einiges geklaut in Läden oder von Schulkameraden. Das wussten natürlich alle."

Eine Weile war sie still und schien wieder in Gedanken vertieft zu sein. Hin und wieder trat sie erneut gegen einen herumliegenden Stein am Boden und ließ ihn weit nach vorne fliegen.

„Ich war halt nicht mehr das liebe und brave Mädchen, das mein Vater gerne gehabt hätte", schloss sie ihre Erzählung mit einem Seufzen.

Denisa erwiderte nichts. Sie erinnerte sich daran, wie Mia weinend auf Omas Bett gesessen hatte nach ihrem kleinen Streit.

‚Meine Eltern fehlen mir so‘, hatte sie da gesagt. Es musste sie schmerzen, dass die Beziehung zu ihnen so schwierig war! Denisa fand es nicht einfach, das mitzuerleben und nichts tun zu können. Sie selber würde vieles dafür geben, um ihre Eltern einmal zusammen zu erleben. Oder um ihre Mutter noch einmal wiederzusehen. Oder ihre Oma...

Familienmitglieder sollten sich lieben, solange sie einander hatten, fand sie. Aber das war wohl etwas, was Mia mit ihren Eltern alleine in Ordnung bringen musste.

Der Wald war zu Ende, der Weg vor ihnen schlängelte sich zwischen den Wiesen hindurch. Gleich würden sie zurück am Haus sein. Auf einer der Koppeln standen zwei Pferde, gut eingewickelt in Decken, und grasten. Als die beiden Frauen an ihnen vorübergingen, hoben sie ihre Köpfe und blähten neugierig ihre Nüstern. Mia blieb stehen und streckte ihren Arm aus, um eines von ihnen zu streicheln. Es roch angenehm. Denisa mochte diesen warmen Geruch von Tieren und Stall. Nun kam auch das andere Pferd näher zum Zaun und ließ sich streicheln. Zu gerne hätte Denisa jetzt ein paar Möhren dabei gehabt, denn das Pferd befühlte ihre Hand erwartungsvoll mit seinem weichen Mund. Sie bot ihm ein paar dicke Gräser vom Wegrand an, aber es ließ beim Kauen die Hälfte davon fallen. Mia lachte neben ihnen: „Das ist nicht das, was ich will", gab sie dem Tier eine Stimme. Das Pferd sah sie verwundert an und schnaubte dann.

Ein paar Minuten blieben sie noch dort an der Koppel stehen, doch dann drängte Denisa in Richtung Haus, denn sie hatte viel vor heute. In einem Rausch von Tatendrang hatte sie heute Früh beschlossen, die Sachen im Keller des Hauses durchzusehen. Einiges konnte davon sicher weggeworfen werden. Alte Taschen, Tüten und Blumentöpfe zum Beispiel. Wahrscheinlich würden sie in den nächsten Tagen noch mehr als einmal zum Müllplatz fahren müssen. Am Haus angekommen zögerte Denisa nicht, in den Keller zu gehen. Aus drei Räumen bestand er, in denen sich im Laufe der Jahrzehnte einiges angesammelt hatte. Einer war nur mit Gartengeräten und -möbeln gefüllt. Die schönen Korbstühle, die ihre Oma immer so gut gepflegt hatte, zum Beispiel. Sie sahen aus wie neu. Daneben stand das Gerüst für die Hollywoodschaukel, und an der Wand hingen an mehreren stabilen Haken wohlgeordnet Rechen, Spaten, diverse Scheren und Harken sowie einige weitere Gartenwerkzeuge. Am letzten Haken entdeckte Denisa die Hängematte, die man an zwei Bäumen im Garten befestigen konnte. So gerne hatte sie in ihrer Jugend darin geschaukelt und gelesen. Nichts von diesen Dingen war schlecht genug zum Wegwerfen!

Mit einem Seufzen setzte sie sich auf eine der Kisten, die neben der Tür standen. Was sollte sie nur mit diesen schönen Sachen machen? Sie hatte selber keinen Garten und kannte auch niemanden, der einen hatte. Mia musste ihr Seufzen im Nebenraum gehört haben, denn auf einmal stand sie in der Tür. Sie ließ ein leises „Oha" vernehmen, während sie sich umschaute. Denisa machte eine hilflose Geste mit der Hand.

„Was soll ich damit machen? Das ist doch alles viel zu schade für den Entrümpler!", sprach sie ihre Gedanken aus. Eigentlich galt das auch für so vieles andere im Haus. Die schönen Möbel, das Geschirr, die Wäsche... Wie sollte sie jemanden finden, der sie haben wollte und gut behandeln würde? Mia setzte sich ebenfalls auf eine Kiste und rieb sich die Hände an ihrer Jeans ab. Offenbar hatte sie im Nebenraum mit staubigen Gegenständen hantiert.

„Sag' mal, warum vermietest du das Haus eigentlich nicht? Du musst es doch nicht verkaufen", sagte sie unvermittelt. „Es gibt doch bestimmt Leute, die gerne etwas mit Möbeln und so mieten wollen."

Denisa fühlte sich so überrumpelt von dieser Idee, dass sie erst gar nicht wusste, was sie antworten sollte. Natürlich wäre das wunderbar, wenn das Haus so bleiben könnte, wie es war, zumindest annähernd. Aber wie sollte sie einen Mieter finden, der bereit war, Omas Möbel und die anderen Sachen im Haus zu belassen und gut zu behandeln?

„Kannst du nicht diesen Makler mal fragen? Der stand ja hier sowieso schon auf der Matte", antwortete Mia, als Denisa ihre Zweifel ausgesprochen hatte.

Herr Kunert... vielleicht konnte er wirklich helfen. Vielleicht war es einen Versuch wert, ihn anzurufen. Aber zuerst würde Denisa Frau Rheinhardt anrufen müssen, um seine Telefonnummer zu erfahren. Und ohnehin war sie der guten Bekannten ihrer Oma eine

Erklärung schuldig, nachdem sie sie an Heiligabend einfach vor dem Weinladen hatte stehen lassen. Bis jetzt hatte Denisa den Gedanken daran verdrängt, aber die Schuldgefühle brodelten in ihr nun wieder auf.

„Diese Frau, die mich vor dem Weingeschäft angesprochen hat", fing sie an, „ich muss mit ihr sprechen."

Mia sah sie fragend an, und das zu Recht, denn sie konnte nicht wissen, was Frau Rheinhardt mit dem Makler zu tun hatte. Nachdem Denisa es ihr erklärt hatte, nickte sie nachdenklich.

„Ich komme mit. Ich möchte mich bei ihr entschuldigen."

Zuerst überlegte Denisa, wie sie so ein Telefonat beginnen konnte, aber dann wurde ihr klar, dass sie alles lieber im direkten Gespräch erklären wollte. Sie wusste, wo die Rheinhardts wohnten: auch außerhalb des Ortes, etwa zwanzig Minuten zu Fuß entfernt. Es war ein seltsames Gefühl für Denisa, schließlich vor deren Gartenzaun zu stehen. Wann war sie das letzte Mal hier gewesen? Wahrscheinlich als junger Teenager irgendwann, als sie ihre Oma noch zu den Kaffeerunden der Gemeinde begleitet hatte, und das war eine Ewigkeit her. Die Zweige von Heckenrosen rankten sich am Zaun entlang. Im Sommer würden sie bestimmt wunderbar blühen, trotz ihrer Dornen.

Es dauerte ein wenig, bis auf ihr Läuten hin die Tür geöffnet wurde. Herr Rheinhardt stand in Socken auf der Türschwelle. In der Hand hielt er die Zeitung, in der er offenbar gerade gelesen hatte. Sein Blick wirkte überrascht.

„Ah, hallo…", sagte er. Dann beeilte er sich, auf den Türöffner für das Gartentor zu drücken. Er betrachtete die beiden Frauen im Näherkommen nicht ohne Neugier, die wohl hauptsächlich Mia galt. Mit Sicherheit wusste er von den Vorkommnissen in der Kirche und am Weinladen. Die beiden Frauen traten in den Vorraum der Wohnung ein. Denisa war unsicher, sie ertappte sich dabei, wie sie nervös am Saum ihres Mantels zupfte. Eigentlich hatte sie mit Frau Rheinhardt sprechen wollen. War die etwa gar nicht zu Hause? Hätte Denisa doch besser vorher anrufen sollen?

Gerade jedoch, als sie zu einer entsprechenden Frage ansetzen wollte, war ein klapperndes Geräusch aus der Küche zu hören. Im nächsten Moment trat Frau Rheinhardt auf den Gang. Sie setzte erst an, etwas zu ihrem Mann zu sagen, stockte dann jedoch bei dem Anblick, der sich ihr bot. Mit geöffnetem Mund stand sie im Rahmen der Küchentür. Sie schien vollkommen überrumpelt von diesem überraschenden Besuch zu sein, und Denisa bereute es schon, sich gar nicht angekündigt zu haben. Endlos lange schienen sie sich so gegenüberzustehen, obwohl es tatsächlich nur ein paar Augenblicke waren. Denisa spürte den Drang, etwas zu tun, etwas zu sagen.

„Ich wollte mich entschuldigen…", presste sie daher ohne eine Begrüßung hervor. Frau Rheinhardt reagierte nicht, ihr Blick haftete an Mia fest. Schließlich war es ihr Mann, der die Situation löste:

„Jetzt kommt erst einmal rein", sagte er und schob die beiden Frauen in Richtung Wohnzimmer, wo er sie bat, auf dem Sofa Platz zu nehmen. Dann ging er zur Küche, um etwas zu Trinken zu holen.

Das Wohnzimmer war gemütlich eingerichtet. Ein paar Landschaftsbilder und Fotos hingen an den Wänden neben einem Bücherschrank. In einem großen Sessel lag ein zerdrücktes Kissen, auf dem Herr Rheinhardt wohl gerade gesessen und gelesen hatte. Auf dem Tisch neben dem Sofa stand eine Schale mit Keksen. Es roch sanft nach Weihrauch oder Räucherstäbchen.

Das Ehepaar kam gemeinsam zurück in das Wohnzimmer, eine Karaffe mit Saft und vier Gläser in den Händen, die sie zu den Keksen auf den Tisch stellten. Herr

Rheinhardt ließ sich in seinen Sessel plumpsen, seine Frau setzte sich auf einen stoffbespannten Hocker, der wohl sonst eher als Fußablage diente.

„Ja…", sagte sie und bot mit offenen Händen Saft und Kekse an. Wieder entstand eine unangenehme Stille, und Denisa spürte, dass sie an der Reihe war, diese zu beenden. Schließlich war sie gekommen, um die Situation zwischen ihnen zu klären, und sie wollte nicht lange darum herum reden.

„Wir waren heute bei der Polizei", fing sie schließlich an. Dann fiel ihr auf, dass sie ihre Freundin noch gar nicht vorgestellt hatte, und mit einer Geste in ihre Richtung ergänzte sie deshalb: „Das ist Mia."

Kurz überlegte sie, ob sie erzählen sollte, wie sie Mia kennengelernt hatte, entschied sich aber dagegen. Das erschien ihr zu privat, um es mit den beiden zu teilen, und die fragten auch nicht nach. Frau Rheinhardt nickte nur bedächtig:

„Ja, das wissen wir schon. Ich habe die Anzeige erstattet, deshalb bin ich über den neusten Stand benachrichtigt worden." Das hatte Denisa nicht gewusst. Sie war davon ausgegangen, dass der Pfarrer Mia angezeigt hatte als Oberhaupt der Gemeinde. Gerade, als sie noch überlegte, wie sie weitermachen sollte, sah sie aus dem Augenwinkel, dass Mia sich nach vorne beugte.

„Ich möchte mich auch entschuldigen."

Und dann wiederholte Mia in knappen Worten das, was sie Denisa schon über ihre Tat erzählt hatte. Ohne Beschönigungen oder Rechtfertigungen. Ganz schlicht. Denisa bewunderte es, wie ihre Freundin hier vor diesen ihr fremden Menschen zu ihrer Schuld stand. Das war bestimmt nicht leicht. Nach ihrer Erklärung schwiegen sie alle für einen Moment. Frau Rheinhardt trank ein paar Schlucke aus ihrem Glas und stellte es dann geräuschvoll zurück auf den Tisch. Dann räusperte sie sich.

„Es ist schön, dass Sie gekommen sind und dass Sie es ehrlich meinen", sagte sie zu Mia und sah ihr dabei direkt in die Augen. „Ich habe das nicht erwartet, dass Sie von sich aus dazu stehen würden, aber ich freue mich darüber."

Mia nahm diese Worte mit einem Nicken auf. Dann setzte sich Frau Rheinhardt ganz unvermittelt aufrecht hin und wechselte mit einer Kopfbewegung zu Denisa das Thema:

„Wie lange ist das jetzt her, dass du das letzte Mal hier warst?"

Denisa zuckte mit den Schultern.

„Ich weiß es nicht mehr genau. Vielleicht dreizehn oder vierzehn Jahre", antwortete sie nach kurzem Überlegen. Sie mochte vielleicht fünfzehn gewesen sein damals. Frau Rheinhardt schien auch zu überlegen, dann stand sie auf und ging zu dem Schrank.

„Warte mal…"

Sie blickte suchend zwischen den Büchern herum, bis sie gefunden hatte, wonach sie suchte. Sie zog ein dickes Fotoalbum heraus und blätterte kurz darin herum, dann hielt sie es Denisa hin und deutete auf ein Bild darin.

„Hier, da bist du auch dabei."

Auf dem Foto war Denisa vielleicht sechzehn oder siebzehn Jahre alt, und sie saß in eben diesem Wohnzimmer inmitten einiger anderer Frauen aus der Gemeinde. Ganz vorne saß Frau Bahr mit einem großen Strauß Blumen im Arm, offenbar hatte sie Geburtstag gehabt an diesem Tag. Daneben war ein Foto vom gedeckten Kaffeetisch, in dessen Mitte eine wunderschöne zweistöckige Sahnetorte thronte. Die Platte, auf der sie angerichtet war, hätte Denisa überall wiedererkannt. Ihre Oma war berühmt gewesen für ihre tollen Kuchen und Torten. Als hätte sie Denisas Blick verfolgt, seufzte Frau Rheinhardt jetzt:

„Ja, deine Oma konnte wirklich prima backen." Und etwas leiser fügte sie hinzu:

„Sie fehlt uns allen sehr." Sie warf einen Blick zu ihrem Mann, der zustimmend nickte, doch sie ließen die Stimmung nicht lange währen. Frau Rheinhard blätterte ein paar Seiten in dem Album vor und reichte es dann ihren Gästen.

„Hier, die Bilder kennst du ja bestimmt."

Ja, sie kamen Denisa bekannt vor. Das musste auf einer der Reisen gewesen sein, die ihre Oma über die Gemeinde mitgemacht hatte. Auf den Fotos waren einige Leute abgebildet, die in bunten Kleidern und großen Hüten im Raum tanzten, und ihre Oma tanzte mittendrin mit einem großen grünen Strohhut auf dem Kopf. Unwillkürlich musste Denisa grinsen.

Den ganzen Nachmittag verbrachten sie damit, alte Bilder anzuschauen und den Erinnerungen der Rheinhardts zu lauschen. Zwischendrin ging Frau Rheinhardt mehrmals in die Küche, brachte Kaffee, Waffeln und etwas später Salzgebäck. Sie taute richtig auf und verlor sogar jegliche Zurückhaltung vor Mia, sodass sie alle richtig Spaß hatten.

Denisa hätte nie gedacht, dass ihr Besuch so lange dauern würde, doch als sie sich endlich verabschiedeten, war die Sonne draußen lange untergegangen. Eiskalt war es wieder geworden, und die Felder neben der Straße schimmerten im Licht des Mondes. Helle Sterne überzogen den Himmel, und sobald sie sich etwas von den wenigen Straßenlaternen entfernt hatten, bot sich den beiden Frauen ein gigantischer Anblick. Ein Blick in die weite Unendlichkeit des Universums. Sterne über Sterne funkelten in der Dunkelheit, und je länger sie nach oben schauten, desto deutlicher konnten sie auch die seidene Struktur der Milchstraße erkennen. Es war gewaltig. Voller Kraft und Geheimnisse. Welche Bedeutung hatte diese winzige Erde überhaupt inmitten dieses gigantischen Universums? Welche Bedeutung konnten sie als Menschen überhaupt haben? Denisa musste an das denken, was Mia über die Wiedergeburt erzählt hatte. Konnte es auch sein, dass man irgendwo anders im Universum wiedergeboren wurde, auf einem ganz anderen Planeten, und in einer ganz anderen Form?

„Irgendwo da draußen, Denisa", sagte Mia und legte den Arm um ihre Freundin, „irgendwo da draußen sind unsere Lieben."

Dachte sie dabei an Miriam, ihre Schulfreundin? Oder an Denisas Mutter, an ihre Oma? Bei dem Gedanken schnürte es Denisa auf einmal die Kehle zu. Diese ganzen Geschichten, die die Rheinhardts erzählt hatten, sie waren schöne Erinnerungen gewesen, aber sie hatten auch die Verzweiflung wieder geweckt. Oma hatte so mitten im Leben gestanden. Warum hatte sie so früh gehen müssen, und ohne ein Zeichen der Vorwarnung? Oder hatte es Zeichen gegeben, und Denisa hatte sie einfach nicht gesehen?

Die Tränen kamen so plötzlich, dass Denisa stehen bleiben musste. Sie wandte den Blick vom Himmel ab, um zu schlucken.

„Ich habe mich nicht gut von ihr verabschiedet, weil ich es nicht wahrhaben wollte, dass sie nicht mehr zurückkommt!", brach es plötzlich aus ihr heraus.

Mia war ebenfalls stehengeblieben. Ihren Arm nahm sie nicht weg, im Gegenteil: sie zog Denisa noch näher an sich heran. Mit den Fingerspitzen strich sie über die Wange ihrer Freundin und durch die Haare, die unter der Mütze hervorschauten.

„Aber das kannst du doch immer noch machen", sagte sie leise. Denisa verstand nicht recht. Hatte sie sich verhört?

„Was meinst du?", schaffte sie es zwischen ihren Tränen zu sagen. Mia küsste sie zärtlich auf die Wange, als wolle sie die Tränen aufnehmen.

„Ich glaube, dieser Traum, den du da hattest, das war nicht einfach nur ein Traum. Das war eine Begegnung", sagte sie leise. „Sie ist immer bei dir, Denisa."

Mias Worte waren einfach, und doch wirkten sie auf Denisa irgendwie zauberhaft. Konnte es sein, dass sie ihrer Oma im Traum wirklich begegnet war? Mia schien das fest zu glauben, und warum sollte es eigentlich nicht so sein? Der Gedanke zumindest war sehr tröstend für Denisa.

Den ganzen Weg zurück zum Haus gingen sie beide eng umschlungen, und über ihnen funkelten die Sterne.

KAPITEL SECHZEHN

Ungewöhnlich warm war es für Mitte Januar. Das Thermometer im Auto zeigte drei Grad an, aber in der Sonne fühlte es sich viel wärmer an. Eher wie fünfzehn Grad. Der Wagen war voll bis obenhin mit Kisten, Körben und Tüten. Voll mit all den Dingen, die Denisa aus dem Haus ihrer Oma für sich ausgesucht hatte. Noch wusste sie nicht, wie sie das alles in ihrer kleinen Wohnung unterbringen sollte, aber sie freute sich darauf, die Sachen dort einzuräumen. Erinnerungen an ihre geliebte Oma.

Mia saß neben ihr auf dem Beifahrersitz mit hochgeschobenen Ärmeln. Auf ihrem Schoß hielt sie ihren Rucksack fest, der nicht mehr hinten ins Auto gepasst hatte. Sie hatte die Hände über dem Gepäckstück gefaltet und sah aus dem Fenster auf die vorbeiziehenden Bäume. Ihr Blick wirkte nachdenklich.

Den Schlüssel des Hauses hatten sie heute Früh um zehn Uhr an Herrn Kunert übergeben. Denisa war wirklich überrascht gewesen, wie einfach sich das mit dem Haus nun hatte regeln lassen. Der Makler würde sich von nun an um alles kümmern: notwendige Renovierungsarbeiten, die Entrümplung und letztlich um die Vermietung des möblierten Hauses. Denisa freute sich sehr, dass Omas schöne Möbel in dem Haus bleiben konnten. Zumindest die noch gut erhaltenen. So würde ein Teil ihrer Kindheitsheimat bestehen bleiben. Herr Kunert hatte auch zugesichert, einen katzenfreundlichen Mieter zu suchen, denn in diesem Haus sollte Moritz immer willkommen sein, egal, wer dort wohnte.

‚Wer weiß‘, dachte Denisa still für sich, ‚vielleicht ziehe ich ja irgendwann wieder dort ein.‘

Im Radio lief Bob Marley's *Three little birds*. Als Denisa das Lied erkannte, drehte sie die Musik lauter und summte leise mit. Sie kannte den Text von früher, und sie mochte die hoffnungsvolle Stimmung, das er ihr nun vermittelte. So, als würde irgendwie alles gut werden können. Sie warf einen Blick hinüber zu Mia und sah, dass ihre Freundin ebenfalls den Text mit murmelte, jedoch fast lautlos. Sie erwiderte Denisas Blick unvermittelt, obwohl sie gerade noch ganz in sich gekehrt gewirkt hatte.

„Ich glaube, ich werde zu meinen Eltern fahren." Mehr sagte sie nicht.

Denisa war überrascht über diesen plötzlichen Entschluss. Wobei… wenn sie jetzt darüber nachdachte, hatte sie schon damit gerechnet, dass Mia sich irgendwann so entscheiden würde. Oder vielleicht hatte sie es auch nur gehofft, schließlich nahm sie wahr, wie sehr ihre Freundin unter der Situation litt. Denisa wollte gerne etwas tun, um ihr zu helfen, aber sie wollte sich auch nicht einmischen in eine Geschichte, von der sie so wenig wusste.

„Gut", antwortete sie daher nur. Sie wusste nicht mehr dazu zu sagen, und Mia schien auch keine weitere Reaktion zu erwarten.

Der Friedhof war diesmal nicht so leer wie bei ihrem letzten Besuch. Das schöne Wetter zog die Menschen hinaus, offensichtlich auch hierher. Heute wirkte dieser Ort friedlich auf Denisa mit seinen Büschen und Bäumen. Manche von ihnen trugen sogar schon Knospen in freudiger Erwartung des Frühlings. Fast so, als wäre es schon März und nicht Januar. Aber auch Denisa selbst konnte es kaum erwarten, das Blühen junger Frühjahrsblumen zu erleben.

Jetzt hielt sie noch einen Topf mit winterfestem Heidekraut im Arm, der für das Grab ihrer Familie bestimmt war. Schweigend gingen die beiden Frauen durch die

Grabreihen bis zu der Stelle, an dem frisch aufgehäufte Erde die neue Ruhestätte ihrer Oma markierte. An der Spitze steckte ein Holzkreuz im Boden, denn der endgültige Grabstein würde erst in ein paar Wochen aufgestellt werden. Denisa hatte einen ganz neuen in Auftrag gegeben, in den die Lebensdaten ihres Opas, ihrer Oma und ihrer Mutter eingraviert werden sollten. Alle drei beisammen. Der alte Stein wäre dafür zu klein gewesen. Außerdem hatte er Denisa noch nie gefallen, so schmutzig wie er immer ausgesehen hatte. Der neue würde aus glatt poliertem hellem Marmor sein mit glitzernden Steinen darin.

Denisa bückte sich, um ein paar Blätter vom Rand des Grabes aufzuheben. Es waren nicht viele. Auch wenn es hier einige Bäume gab, es stand keiner in unmittelbarer Nähe des Grabes, der es sehr verschmutzen konnte. Dafür war sie dankbar, denn sie konnte noch nicht abschätzen, wie oft sie es schaffen würde herzukommen, wenn sie wieder arbeitete. Neben der erdigen Stelle, in der man die kleine Urne bestattet hatte, machte sie mit der Hand eine Mulde in den Boden, in die sie den Topf mit dem Heidekraut stellte. Es war nicht so farbenfroh, wie sie es gerne gehabt hätte, aber solange es noch Frost geben konnte, wollte sie nichts anderes pflanzen. Im Frühjahr dann würde sie den dichten Efeu auf dem Grab stark zurückschneiden und schöne Frühlingsblumen dazu pflanzen, das hatte sie sich vorgenommen. Es sollte ein schönes Grab sein, nicht so trist, wie sie es bisher oft empfunden hatte.

Als sie fertig war damit, den Topf in eine gute Position zu stellen und den Efeu zurechtzuzupfen, trat sie zurück und betrachtete ihr Werk. So sah es schon schöner aus als vorher und friedlicher, als am Tag der Beerdigung.

Das klaffende Loch in der Erde war nun geschlossen, und auch wenn es auf dem Boden noch eine Narbe hinterlassen hatte, so konnte man schon erahnen, dass es irgendwann gänzlich verschwunden und mit neuem Leben überwachsen sein würde. Es passte zu dem, was Denisa auch in sich selbst erkannte. Zwar spürte sie, wie das Gefühl der Trauer sie noch durchdrang, aber anders, als vor ein paar Wochen keimte in ihr nun die Ahnung auf, dass diese tiefe Verzweiflung, die sie beim Gedanken an ihre Oma fühlte, irgendwann schwächer werden würde. Die Wunde, obgleich noch allgegenwärtig, hatte langsam angefangen zu heilen.

Als hätte sie ihre Gedanken erraten, stand Mia auf einmal ganz nahe neben Denisa und nahm ihre Hand. Einen kurzen Augenblick dachte Denisa an die Leute um sie herum, die sie beide so zusammen sehen konnten, aber im nächsten Moment war ihr das auf einmal egal. Sollten diese Menschen doch denken, was sie wollten! Sie waren es nicht gewesen, die Denisa Halt gegeben hatten in den letzten Wochen. Von ihnen war keiner da gewesen und hatte sie im Arm gehalten, wenn sie geweint hatte. Und diese Menschen hatten ihr nicht gezeigt, was diese Frau ihr gezeigt hatte. Neue Ideen und neue Seiten an sich selbst.

Mia war so unvermittelt in ihr Leben getreten, dass Denisa es nur als Geschenk des Schicksals empfinden konnte. Und sie wollte gerne etwas dafür zurückgeben. Sie spürte Mias warme Hand in der ihren, und einem inneren Verlangen folgend wandte sie sich ihrer Freundin zu und küsste sie innig. Obwohl sie hier am Grab ihrer Oma stand, waren es Glücksgefühle, die sie durchdrangen. Mia lächelte und legte ihren Arm um Denisa. Gemeinsam standen sie eine Weile still vor dem Grab und lauschten dem Zwitschern der Vögel, die in den Bäumen saßen.

Three little birds… Vielleicht stimmte es ja, vielleicht würde alles gut werden. Für sie selbst und für Mia. Und für Mia und ihre Eltern. Den Anfang hatte sie gemacht, indem sie beschlossen hatte, heimzufahren, und vielleicht würde sich nun alles Weitere irgendwie fügen.

„Ich komme mit dir, wenn du das willst", sagte Denisa. Nie war etwas klarer für sie gewesen. Mia antwortete nicht, sie drückte nur Denisas Hand. Und zusammen gingen sie vom Friedhof, stiegen in den Wagen und fuhren los. Der Zukunft entgegen.

ENDE

INFORMATION

Möchtest du noch mehr über Mia und Denisa erfahren?
Der zweite Teil der Reihe „Die letzte Seite" ist in gleicher Ausstattung erhältlich:

Der dritte Teil der Reihe erscheint im Mai 2020 unter dem Titel „Klingende Saiten".

Informationen und Leseproben sind auf dem Youtube-Kanal der Autorin erhältlich (Kanal: „Julia Rösner"):
https://www.youtube.com/channel/UCmbEWTed-rYTlTrxu4KkWoQ